AF598870

Revue & corrigés

Pierre Zimmer

Revue & corrigés

Roman

ISBN : 979-10-422-1447-0

Du même auteur

Le Guide du Placard, en collaboration avec Jean-Pierre Lourson, Éditions du Seuil, 1988 ;

Survivre dans ce monde hypocrite, en collaboration avec Jean-Pierre Lourson, Éditions Hors Collection (Presses de la Cité), 1991 ;

La vie est une langue étrangère, Éditions Publibook.com, 2001 ;

Surtout, ne changez rien, en collaboration avec Patrick Krasensky, Éditions d'Organisation (Eyrolles), 2004 ;

Et l'intolérance, bordel !, Éditions du Palio, 2008 ;

Comment rater ses relations avec la presse, en collaboration avec Bernard Giroux, Éditions de l'Archipel, 2011.

Vrais de vrais

Jadis voyous et malfrats, coriaces et indomptables, qui refusaient toute compromission avec la police.

Exemple : Les Vrais de vrais débutent par la zone où ils chouravent trois balles fifty pour survivre. Puis ils montent jusqu'aux guinches de Pigalle où ils maquent des putains pour finir, après quelques casses et braquages, à la terrasse du Fouquet avec havane au bec, chaîne en jonc sur le bidon replet et diam à l'auriculaire. Après, rideau : l'épopée est close. Comme les maisons qu'ils patronnent.

Auguste le Breton, *L'argot chez les vrais de vrais*, Presses de la Cité, 1975

À ce niveau-là, je ne correctionne plus, je dynamite, façon puzzle !

Michel Audiard, *Les Tontons flingueurs*

À J.-L. B.
À J.-C. B.
Comme ils ont ma reconnaissance,
ils se reconnaîtront…

Chapitre I

Jamais il n'avait vu une aussi grande main. Une main large et puissante. Un véritable battoir de lavandière. Et un peu rougeaude avec ça. Mais pas calleuse, rugueuse ou usée comme une main de travailleur. Non, une main au rose soutenu parce que son propriétaire devait être de tempérament sanguin. Il valait certainement mieux éviter de se prendre un mauvais coup de la part de ce genre d'individu. La gifle pourrait se révéler fatale. Ça ne faisait pas le moindre doute.

Au bout de cette main – totalement pacifique, au demeurant – tendue vers lui, la manche d'un blazer bleu marine aux boutons dorés aboutissait au torse d'un colosse. L'homme de haute stature arborait avec naturel un nœud papillon sur une chemise bleu azur au col légèrement empesé.

En broyant, avec application, mais sans la moindre volonté de nuire, tout ce que pouvaient contenir de phalanges les doigts de son interlocuteur, il se présenta. Il articula, d'une voix forte et volontaire :

— Jean-Pierre Quentin… et vous.

— Pas moi, répondit son interlocuteur en grimaçant de douleur.

— Raoul Froment m'a dit que vous aviez écrit un livre ensemble… continua le colosse, comme s'il n'avait pas entendu la réponse de son vis-à-vis.

— Alain Mendel, dit, à contretemps, l'auteur en question du livre bicéphale, en pratiquant sur son métacarpe droit un massage réparateur.

Autant Jean-Pierre Quentin était de haute taille, d'une stature même qui imposait plutôt respect et crainte, autant Alain Mendel était petit, maigrichon, presque rachitique. L'un à côté de l'autre, ils formaient un de ces couples contrastés à la Laurel et Hardy ou à la Don Quichotte et Sancho Pança, sauf que dans ce dernier cas, le petit était maigre également.

Tout semblait les opposer. Et pourtant, au cours de la conversation qui allait s'instaurer entre les deux hommes, ils allaient s'apercevoir qu'ils possédaient en commun plusieurs traits de caractère. Quentin, fils de militaire, qui avait en fin de carrière commandé la caserne des Célestins, cette grande bâtisse imprenable qui abritait, boulevard Henri IV à Paris, la garde républicaine, avait été élevé par une mère catholique pratiquante. Catéchisme, messe le dimanche matin par toutes saisons, communion en aube et mariage en blanc à l'église. Mis à part l'union, qui ne dura d'ailleurs pas très longtemps, si feue Madame Quentin avait voulu faire de son fils un séminariste, elle ne s'y serait pas prise autrement. Mais les événements de 68 et ses défilés sous les fenêtres de la caserne, ses nombreuses lectures et ses études de sociologie avaient orienté Jean-Pierre vers un autre chemin beaucoup plus séculier : après quelques expériences plus ou moins heureuses en entreprise, il était devenu consultant en management, ce qui ne voulait pas dire grand-chose et ce qui lui laissait pas mal de temps libre entre deux missions. Quoiqu'intéressé par les questions spirituelles de notre époque, il était devenu radicalement anticlérical. Divorcé et sans enfants, ce dont il s'accommodait plutôt bien, d'après lui, il n'aurait pas à faire subir à une quelconque descendance quelque emprise religieuse.

Question religion, Alain Mendel, quant à lui, aurait eu du mal à renier ses origines. Il avait, pour sa part, un aspect de petit juif étriqué. Sous sa tignasse noir corbeau et sa barre de sourcils continue – preuve de détermination ou bien parfois d'entêtement –, les lunettes à la monture de fausse écaille lui donnaient un air sévère et un côté intellectuel, mais il aurait bien pu aussi être tailleur, à la différence près qu'un tailleur aurait certainement porté un costume mieux coupé ; sauf bien sûr, si l'on pense que ce sont les cordonniers les plus *mal fagotés*.

Né dans une famille ashkénaze quelques années après le second conflit mondial de parents juifs français raflés, déportés, mais revenus de l'enfer, il ne supportait pas les manifestations de la religion ou de la religiosité. Après sa bar-mitsva, il avait bien eu une période mystique qui s'était traduite par une totale abstinence à l'égard de la viande de porc et principalement du jambon durant une année entière. D'ailleurs son rapport à la nourriture – beaucoup d'aliments comme le fromage, les tripes, les huîtres, les endives ou les salsifis, toutes ces denrées ignobles et infâmes qui cuites à l'eau et sans sel sont immanquablement bonnes pour la santé, lui inspiraient un dégoût totalement irrationnel – restait d'une grande complexité. Une mère juive laisse forcément des traces. Forcément.

Après des études à la Sorbonne assez décontractées (quand on lui demandait en quoi il était, il répondait systématiquement : en... dilettante), il était devenu vaguement journaliste, vaguement écrivain et vaguement conseil en communication. Loin de maîtriser son destin, il se laissait porter par LE vague. Alain Mendel s'était marié avec le chef d'une entreprise informatique qui, non seulement gagnait à être connu (le chef pas l'entreprise), mais aussi gagnait pléthore d'argent. Ce qui lui permettait de se considérer comme une sorte d'artiste dandy, totalement éloigné des contingences du quotidien.

Chapitre II

Le chef d'entreprise s'appelait Stéphanie. On ne pouvait pas dire d'elle que c'était une belle fille ou même une jolie fille et encore moins un top model ou un mannequin de magazine, mais elle avait incontestablement du chien. Peut-être parce qu'elle était racée. Elle possédait indéniablement une qualité de charme indéfinissable ; et d'ailleurs, le charme est toujours indéfinissable sinon ce ne serait plus du charme. Il peut être parfois envoûtant, mais ce n'était pas le cas. Non, c'était plutôt de l'attrait, de l'allure, de la classe, du charisme et même une sorte d'autorité naturelle dont elle faisait usage sans en abuser dans la vie comme dans son travail. Elle avait une aura, c'est sûr et son pouvoir de séduction montrait assez qu'elle aimait plaire. Non seulement elle aimait qu'on l'aime, mais elle aimait qu'on lui dise.

Bien que petite, enfin pas très grande, cette brunette aux yeux pers en jetait. Mais elle avait toujours fait un complexe de son nez qu'elle trouvait trop long. Même si tout le monde autour d'elle la rassurait sur ce qu'elle considérait comme une excroissance disgracieuse, elle développait une manière de syndrome cyranesque. En fait, elle aurait bien voulu que son appendice nasal ne se voie pas comme le nez au milieu de la figure. Mais pour elle, rien n'y faisait. Elle ne se rendait pas compte que c'était ce nez qui faisait son charme. Mais, il n'y avait pas que son nez. Il y avait aussi ses seins. Elle avait une superbe poitrine, Stéphanie. D'ailleurs, on avait du mal à la regarder dans les yeux.

Alain et elle s'étaient rencontrés à la bibliothèque Sainte-Geneviève au moment où ils usaient leurs fonds de culotte sur les bancs de la Sorbonne. Leur rencontre fut sanglante : Stéphanie était partie d'un grand fou rire pas très charitable quand Alain, voulant rejoindre la salle des fumeurs un gobelet de café dans la main droite et son paquet de Players dans la main gauche, s'était pris la porte en verre de plein fouet dans la figure. Comment il avait fait son compte ? Peu importait, mais outre le fait que le choc avait dû être violent et douloureux, tout le café s'était répandu sur sa chemise mauve. Assis sur son séant, Alain paraissait assez pitoyable, mais sa vulnérabilité soudaine et son immanente fragilité avaient suscité chez la jeune Stéphanie, en même temps qu'une irrépressible hilarité, un violent désir physique du garçon. Après avoir calmé l'agitation nerveuse de ses zygomatiques, elle accourut et s'approcha du jeune homme avec son mouchoir pour éponger sa chemise.

— Attendez, laissez-moi faire, vous vous êtes fait mal ; mais vous saignez du nez, mettez la tête en arrière, etc., etc.

Pendant que la jeune femme brune aux cheveux courts et aux yeux pers s'affairait à jouer les infirmières de fortune, Alain se disait qu'il aurait pu tomber plus mal. Heureusement, il n'avait rien de cassé.

— Eh bah, vous vous êtes pas raté… dit-elle avec une banalité confondante.

Quelle réponse donner à ce genre de truisme qui n'en attendait aucune d'ailleurs ? Alain préféra rester coi. Stéphanie pensa qu'il était sonné. C'était leur premier malentendu.

Il va falloir que je lui rende son mouchoir, pensa-t-il à ce moment précis. Mais propre, en mains propres. Ça me donnera une occasion de la revoir. Comment se fait-il que je ne l'aie jamais remarquée dans l'amphi ? C'est juste à cet instant-là, perdu dans ses pensées intérieures, ses projets d'avenir mêlés à quelques perspectives salaces dont son interlocutrice était le sujet, ses digressions lui permettant d'entrevoir comment il pourrait meubler sa solitude du moment, qu'Alain s'évanouit.

Comment il se retrouva chez lui et comment il se réveilla dans son lit, cela resta un mystère jusqu'au moment où Alain rendit à la jeune fille, – manifestement sa sauveuse providentielle même dans le retour au bercail –, le mouchoir, lavé, repassé, bichonné. Il croyait que le coup du mouchoir, ça ne marchait plus. En lui rendant le bout de tissu sans valeur, mais créateur de haute valeur ajoutée, il l'invita à prendre un verre, rue des Écoles, au Balzar, le café rempli d'étudiants amateurs, d'intellectuels feuilleteurs d'un grand quotidien du soir, de bourgeoises en attente d'aventures fortuites, d'écrivains ratés et de poètes maudits. On se demandait même parfois où la direction de l'établissement arrivait à faire cohabiter tout ce petit monde en même temps.

Il pleuvait fort sur la vitre de la terrasse quand Stéphanie lui raconta ce qui s'était passé : elle avait appelé à l'aide un appariteur apparu soudainement qui avait appelé les pompiers qui avaient appelé le Samu parce que ce n'était pas de leur ressort territorial qui avait appelé chez lui. Il n'y avait personne évidemment puisque le seul locataire de l'appartement était allongé sur le sol. Alors, Stéphanie, qui n'était pas le genre de personne à se démonter ou à se laisser impressionner ou même à se laisser dépasser par les contingences, regarda dans les poches du gisant s'il y avait une adresse. 25, rue de la Grange-aux-Loups, était indiqué sur une carte d'identité trouvée dans la poche arrière du pantalon de velours à grosses côtes marron. C'était un indice. On peut même dire qu'il y avait de fortes présomptions pour que la victime de la syncope allongée devant elle habitât à cette adresse.

C'est ainsi que, de fil en aiguille, on lui recousit dans l'ambulance, à gros points à cause des secousses, l'arcade sourcilière droite qui n'avait pas résisté au choc frontal avant de le raccompagner chez lui, penaud, dans ses pénates. Depuis le retour du mouchoir à son propriétaire, suivi d'une grande discussion sur leurs goûts respectifs, Stéphanie avait pris un chocolat et Alain un café, pendant que la pluie frappait au carreau de la terrasse, suivie d'une longue promenade sous un unique parapluie, suivie d'une nuit de découvertes réciproques, ils ne s'étaient plus quittés. Sauf qu'à un moment, leur chemin estudiantin respectif avait divergé quand la jeune fille s'était rendu compte qu'elle préférait les petits calculs à la grande Histoire. Elle choisit une école de Commerce plus en rapport avec sa conception du monde. Elle était résolument tournée vers le futur. L'avenir, par définition, n'était pas la préoccupation première des étudiants en Histoire. À 25 ans, elle avait fondé sa boîte de services informatiques. Elle gagna même assez vite de l'argent, beaucoup d'argent. Après une insémination rationnelle et tout ce qu'il y avait de plus réglementaire, car le jeune homme avait tout ce qu'il fallait là où il fallait pour assurer sa descendance, la jeune dirigeante de 27 ans lui avait donné deux petites jumelles prénommées Amélie et Clémentine. Lui avait donné n'était pas, en l'occurrence, une expression consacrée ni surfaite. En effet, Stéphanie se révélait incapable de les garder plus de dix minutes d'affilée. Parfois, la patience a des limites… très proches de l'impatience, de l'agacement, de la contrariété entrepreneuriale, Stephanie, plus férue spontanément d'informatique que de puériculture, s'était débarrassée sans délai de sa progéniture. Et l'instinct maternel, alors ? Pourquoi serait-il obligatoire ? Ce n'est pas une hormone en l'absence de laquelle on éprouve la moindre carence. Mais, pour assurer la pérennité du nom, il faudra attendre la venue d'un héritier mâle.

Donc, Alain, que son métier ne surchargeait pas outrageusement de travail, dans un euphémisme existentiel, s'était plutôt bien accommodé de cet état de fait. D'ailleurs, il aimait tous les enfants, même les siens. Alors, les siennes, vous pensez, des déesses, des princesses, des elfes, de gracieuses petites sylphides, des nymphes de la voûte céleste à leur papa…

À l'heure où va commencer cette aventure littéraire, les petites chéries, dotées d'un réel pouvoir de nuisance et d'une capacité fantastique à déclencher le maximum de soucis, contrariétés et emmerdements en tout genre, bouffeuses de temps et d'espace, pisseuses simultanées et successives, mais néanmoins choyées, adulées, avaient trois ans et demi.

Chapitre III

Ce sont ces deux-là, Jean-Pierre Quentin et Alain Mendel, réunis par le hasard, les circonstances ou bien le Diable, tout simplement, deux branquignols impécunieux, archétypes du malchanceux chronique, qui allaient unir leur destin et faire équipe dans une entreprise hasardeuse. Considérable et inconsidérée. Ils allaient devenir des jouets dans la main du Malin. Des fétus de paille dans l'œil du cyclone.

Pour l'instant, ils discutaient. Ils échangeaient. En cette soirée de fin juin, chaude et douce, il faisait encore clair parce que, avec l'horaire d'été, le jour se poursuivait jusqu'à des heures avancées et, présenté par un ami commun, Raoul Froment, le co-auteur d'Alain Mendel, assis à la terrasse d'un bar chic de la Madeleine où ils étaient venus au cocktail d'une manifestation dont ils ne se souvenaient même pas l'objet, ils s'étaient trouvé des tas de goûts communs : les bistrots parisiens et leurs Plats canailles, les bars à vins à condition qu'il n'y ait pas de beaujolais, les brunes aux yeux clairs, les voyages à l'étranger, les romans policiers qu'ils dévoraient la nuit pendant leurs crises d'insomnies, l'un par anxiété et l'autre par détestation du sommeil.

Croyez-vous aux coups de foudre ? Bien sûr. Même entre personnes du même sexe. Et pourquoi pas ? Il n'y a que les pisse-froid, les mal lunés, les mal-léchées, les ours asociaux et bipolaires qui pourraient croire ou penser que ces histoires n'existent que dans les livres. Ces deux-là se regardèrent, se jaugèrent et dans une simultanéité parfaite, décidèrent de travailler ensemble.

— Ça vous tenterait de faire une revue avec moi ? demanda à brûle-pourpoint le colosse en faisant entrechoquer les glaçons dans son Glenlivet.

— Ça ne me déplairait pas, rétorqua le malingre. Vous savez faire ? Il picora deux cacahuètes dans la coupelle juste derrière son verre de vodka Stolichnaïa qu'il buvait toujours sec. La vodka qui est un diminutif affectueux de vodka, eau en russe, coulait dans ses veines comme dans toutes celles des membres de sa famille.

— Non, mais il paraît que vous vous savez. Froment, l'avait déjà rencardé. Vous ne donnez pas des cours à l'Université sur le journal d'entreprise ? Nous pourrions mettre nos savoir-faire en commun.

— Mais, une revue de quel type ?

— Eh bien, faisons une revue policière… Nous connaissons bien le genre, tous les deux. Moi, je connais bien les auteurs français, passés et présents. Vous, c'est plutôt les Américains et les autres, si j'ai bien compris. Ne sommes-nous pas complémentaires ?

La vie est assez simple en somme. Deux types se rencontrent à une soirée, discutent, se trouvent des goûts communs, et se demandent s'ils ne peuvent pas réaliser un projet ensemble. Néanmoins, comme les choses allaient un peu vite pour Mendel qui était plutôt un caractère à prendre son temps, il écarquillait des yeux noirs et incrédules. Il se demandait si le type au nœud papillon devant lui n'était pas complètement déjanté. Comme ça, au moment où on le décidait, on pouvait faire une revue. Il n'arrivait pas à le croire. Et le papier, et les journalistes, et les idées, et les sous, et l'énergie, et, et, et. On trouvait tout ça sous la roue d'une traction avant Citroën, peut-être. Il y a des gens pour qui tout est compliqué, de l'origine d'une idée à sa réalisation. Le genre « Ça ne marchera jamais… » Il en est d'autres pour qui tout est simple : il suffit de mettre un pied devant l'autre pour que ça avance. Cette différence d'appréciation dans la transformation d'un concept en chose concrète, c'est le fossé qui existe entre les pessimistes et les optimistes. Jean-Pierre croyait en l'homme, la providence, la chance et le hasard. En cela, il était profondément optimiste. C'est parce que Mendel pensait qu'il était revenu de tout qu'il ne croyait plus en rien.

En fait, Alain Mendel, prêt à toutes les entreprises même les plus braques ou les plus saugrenues pour s'évader de son ennui existentiel, balançait entre un sentiment d'incrédulité et une interrogation sur l'état mental de son interlocuteur.

Mais le malingre avait tout de même une grande qualité. Il était encore curieux de nature et de profession ; et surtout, il était disponible. C'est ainsi qu'il entendit sortir de sa bouche des mots qui ne traduisaient pas du tout l'état d'esprit dans lequel il se trouvait. En tout cas, il décida à ce moment précis d'adopter une sorte d'expectative bienveillante, de laisser faire comme ça pour voir, un peu comme au poker. Là aussi, il faudra payer pour voir. N'est-ce pas ainsi, dans une attitude ouverte, disponible, spontanée que peut commencer une aventure ?

Chapitre IV

C'était déjà ça. Ils avaient décidé de construire quelque chose ensemble. Ces deux-là, qui ne se connaissaient pas une heure auparavant, s'étaient choisis, s'étaient trouvés sans se chercher. Ce couple, car c'était bien un couple, avait formé un projet. N'est-ce pas en se projetant dans l'avenir que se forme un couple ? Oui, c'est cela : c'est en formant des projets que se construit un couple. Sans projets, un couple n'est pas un vrai couple. Ce ne sont que deux personnes apposées l'une à côté de l'autre sans autre but esthétique que leur proximité. Il est impératif que les deux personnes qui ont décidé d'agir ensemble aient un intérêt commun. Pas seulement pécuniaire, avantageux, rentable ou tout simplement financier. Décider de faire un enfant ou un voyage ensemble relève de l'intérêt commun. Même si cela entraîne des implications financières. Même si l'une des deux parties est plus engagée que l'autre dans la décision, il y en a bien un qui est le moteur de la décision prise.

L'un savait vendre, l'autre savait écrire. Deux infinitifs plus ou moins définitifs à mettre dans le pot commun. Ils aimaient tous les deux les romans policiers. Alain, avec ses origines slaves, avait une âme de cosmopolite. Il connaissait bien les auteurs américains. Dashiell Hammett, Raymond Chandler, James Hadley Chase, Peter Cheney, Chester Himes, Carter Brown, William R. Cox, Donald E. Westlake, W. R. Bumett, pour ne citer que les plus importants, c'est-à-dire les plus prolifiques, les plus inventifs, les plus imaginatifs, en trois mots les plus fertiles.

Ces auteurs qui avaient gagné lentement leurs lettres de noblesse à force de travail, de sueur, d'heures passées devant une machine à écrire Underwood ou Remington et de nombreuses bouteilles de whisky, de bourbon, de rye ou autres alcools forts quand ce n'était pas quelque autre paradis artificiel, selon la légende consacrée, n'avaient plus beaucoup de secrets pour lui. Il lisait tout. Avec ferveur. Avec passion. Avec avidité. Un véritable papivore. Un sacré bouffeur de papier imprimé même. Un monstre de lecture rapide. En un après-midi, il pouvait dévorer deux polars d'affilée. Cette perspective ne lui faisait pas peur. Au contraire, elle· l'enchantait ; elle le ravissait au point qu'il avait pris l'habitude de se ménager des plages horaires suffisamment longues pour qu'on ne l'interrompe pas dans sa lecture. Ces séances se déroulaient plusieurs fois par semaine. Un vrai drogué du 6,35 et de la fusillade de gangsters, des night-clubs à la lumière glauque et de ses stripteaseuses platinées, d'alcool frelaté et de contrebande de cigarettes dans d'arrière-salles enfumées où trônait un snooker au tapis si élimé qu'il était à l'extrême limite de la déchirure. Pourtant, de ces auteurs américains qu'il connaissait sur le bout des doigts, il lui semblait en avoir fait le tour. La génération des grands anciens, un peu conformistes dans leurs thèmes et conventionnels dans leur style, était en train de se renouveler avec des James Crumley, des Harry Crews, des Michael Connelly, des Nick Toches ou des James Ellroy. Ces derniers commençaient de devenir des classiques si bien que Mendel était tenté d'aller voir ailleurs et de sortir du continent américain si prolixe.

Il se tournait vers les rares écrivains asiatiques du genre – ceux qui émergeaient étaient remarquables – et les Européens, notamment les Espagnols comme Manuel Vasquez Montalban ou Antonio Munioz Molina ou les Italiens comme Giorgio Scerbanenco et son héros détective récurrent, Duca Lamberti. Les Suédois étaient représentés par Maj Sjowall & Per Wahlôo. Quant aux Anglais, ou plutôt aux Anglaises devrait-on dire, car les représentantes de la gent féminine occupaient le devant de la scène, toute cette flopée d'écrivaines, chacune dans son style, que ce soit Ruth Rendell, P. D. James ou encore Elisabeth George, elles n'arrivaient pas, d'après lui, à se démarquer de leur grande marraine, Agatha Christie. Avant que les rôles ne soient distribués, Mendel savait déjà qu'il aurait la charge de tout le domaine étranger. Ce ne serait pas une mince affaire.

Jean-Pierre, c'étaient plutôt les auteurs français qu'il affectionnait plus particulièrement. Surtout la nouvelle génération dont la voie avait été ouverte par Jean-Patrick Manchette. Et ils étaient nombreux ces auteurs, chacun avec leur style, leur talent, leur griffe. Lui aussi s'était baigné dans la lecture intensive… et extensive des grands anciens. Mais, il avait commencé beaucoup plus tard. Il s'était mis à lire vers 18 ans avec la ferme intention de rattraper le temps perdu. Ainsi, il avait dévoré tout Maurice Leblanc et était devenu absolument incollable sur Arsène Lupin. Dans chaque roman, il connaissait le prénom des maîtresses de son héros favori, ses tenues vestimentaires pour chaque exploit, la marque de chaque moyen de locomotion utilisé pour commettre ses forfaits. Et il était capable de réciter des passages entiers relatant les exploits du gentleman cambrioleur.

Ces assauts de culture générale aussi stériles que gratuits n'avaient pas d'autre objet que d'exercer sa mémoire. Puis tout Simenon y était passé. Même les premiers romans où Maigret n'était pas encore présent et qui étaient signés de divers pseudonymes tels que Georges Sim, Christian Brulls ou Jean du Perry. Puis Maigret, le grand, l'indispensable, notre maître à tous, avec sa bouffarde dubitative, est arrivé avec Pietr le Letton. C'est la première apparition du commissaire. À marquer d'une pierre noire !

Jean-Pierre Quentin était du genre à donner dans l'exhaustif. Bien sûr, Léo Malet faisait partie de son panthéon, mais Nestor Burma n'était pas son héros préféré. Comme personnage récurrent, Maigret recueillait plus ses faveurs, mais il trouvait que, sur ce point particulier, les auteurs américains étaient plus doués. Même s'il connaissait sur le bout des méninges la littérature policière française, Quentin était aussi sorti du pré hexagonal.

Il avait lu tout Raymond Chandler, et avait été subjugué par Philip Marlowe. C'était un tel héros de référence qu'il s'identifiait à lui dans beaucoup de circonstances de sa vie. Il affectionnait particulièrement de porter même des chapeaux genre feutre mou type Chicago des années de la prohibition. Il en avait des gris souris, des marron glacé et même des vert foncé ou bleu marine. Toute une collection dont il ne manquait pas de baisser la visière sur les yeux comme Humphrey Bogart dans Le Grand Sommeil ou James Cagney dans ses films de gangsters qu'il adorait par-dessus tout. Quand il se trouvait confronté à un problème, il se demandait ce qu'aurait fait Philip Marlowe à sa place. En principe, la créature de Chandler le tirait d'un mauvais pas et lui apportait la réponse à sa contrariété du moment.

Chapitre V

Néanmoins, c'était décidé : Quentin s'occuperait de la partie française, ou du département « France » pour faire chic, et c'était déjà une charge énorme. Il en était conscient. Il n'était pas question pour lui d'entrer dans la querelle oiseuse des anciens et des modernes. Le roman noir avait bien évolué ces derniers temps. Même plutôt bien. Dans la bonne direction. D'ailleurs, ça faisait bien longtemps qu'il s'était constitué une sorte de bibliothèque idéale, rêvée, mais pas imaginaire du tout. Il possédait 12 345 romans policiers. Il en avait fait le recensement les trois semaines passées et c'est d'ailleurs ce qui lui avait donné l'idée de concevoir cette revue du polar qui serait la revue de tous les polars, ou plutôt la revue de toutes littératures policières. Il avait cherché dans les grandes librairies et les librairies spécialisées, il n'avait trouvé nulle part ce type de revue œcuménique qui ratissait large tous les genres de la littérature policière. Il y avait bien *813* pour les adorateurs d'Arsène Lupin et *Élémentaire, mon cher Watson* pour les inconditionnels de Conan Doyle, mais une revue générique, point. Il était grand temps de pallier cette carence pitoyable et cette absence coupable. Complètement inconscient de l'ampleur de la tâche, Jean-Pierre Quentin avait décidé de s'y employer. Bien avant d'avoir rencontré Alain Mendel. Mais cette entrevue avait été déterminante dans le déclenchement des opérations.

Dans ses rayonnages, on trouvait des livres d'espionnage, des romans de salon et des romans de rue, des romans noirs, des romans à énigmes, les fameux *whodunit* chers à Agatha Christie, des romans

« black » écrits par des « blacks », mais aussi le néopolar avec ses détectives dépressifs et caractériels affublés de tous les maux de la terre et d'épouses carrément casse-couilles.

Dans son panthéon, les grands anciens avaient leur place : Claude Aveline et Pierre Véry côtoyaient les Malet et Simenon. Steeman et Simonin répondaient présents. Et puis, impossible de les citer tous évidemment, les petits jeunots poussaient les ancêtres en essayant de se faire aussi leur trou au soleil : Vilar, Belletto, Jonquet, Echenoz, ADG, Coatmeur, Daeninckx, etc.

Le polar à cette époque devenait l'exacte traduction d'un monde en mutation. Une sorte de porte-voix de la critique sociale ambiante. Le nouveau roman noir cultivait ses fruits sur le terreau de la drogue et de ses dealers, des banlieues à problème, du chômage et des petits boulots, de l'exclusion et des sans-abris. Le polar, nouvelle tendance, s'alimentait à l'eau trouble et amère de la désespérance. Plus radical, plus « sans issue », plus « no future », d'un réalisme à effrayer les plus aguerris, le néo-polar avait conquis ses lettres de noblesse avec des auteurs des deux sexes pour qui le sexe n'était plus tabou. Des auteurs comme Maurice Dantec avaient, au travers de textes comme « La Sirène Rouge » par exemple, contribué à dépoussiérer les vieux cartons, à éteindre les vieilles chandelles, à faire craquer les vieilles ficelles, en un mot comme en mille, à faire évoluer la catégorie qui ronronnait gentiment. Les mots crus avaient rendu crédible un genre qui s'étiolait dans la routine et le conformisme. Le deuxième souffle. Une bouffée salutaire. Il était temps. On était dans les années 90 et le troisième millénaire approchait dangereusement de notre galaxie.

Chapitre VI

Tout fait vendre. Tous les éditeurs se piquaient de posséder une collection dédiée au roman policier et paradoxalement il y avait peu de revues qui permettaient aux lecteurs potentiels de faire leur choix dans la production pléthorique.

Ils avaient donc décidé de fonder une revue de littérature policière. Naïvement, ils avaient pensé que leurs deux savoir-faire suffisaient à construire une entreprise. Ils ne s'étaient pas trop posé de questions. Ils ne s'étaient pas embarrassés de quelques obstacles qui pourraient se dresser sur leur chemin. Mais, inversement, ils ne s'étaient pas pris la tête en se demandant si leur revue serait un laboratoire d'idées, un foyer de création, un lieu d'échanges, de confrontations d'expressions multiples et de débats enfiévrés. Ils ne se prenaient pas pour des vigies de la pensée contemporaine. Ils n'avaient pas l'intention non plus de donner du sens au monde. Ou un truc intello du style « désenchantement ou réenchantement du monde ». Ce n'était ni dans leur intention, ni vraiment dans leurs compétences.

Ils avaient juste décidé, sur un *coup de tête-coup de foudre,* de travailler dans l'intemporel, dans la lenteur, mais aussi, parfois, dans l'urgence si cela s'avérait nécessaire. Ils ne seraient pas non plus à la pointe de la tendance néo-polar, mais ils pouvaient espérer recueillir, au travers d'articles bien torchés par des auteurs montants, quelques idées révolutionnaires ou du moins dérangeantes sur le genre littéraire. Ils aimeraient juste être des sortes d'empêcheurs de penser en rond, des poils à gratter de la pensée unique, des douches écossaises au milieu des robinets d'eau tiède.

Et le succès d'une revue n'est évidemment pas mesuré ou jugé à l'aune de sa réussite économique, mais plutôt à l'influence intellectuelle qu'elle exerce. Bien sûr, ils avaient parfaitement conscience que leur revue ne serait pas la seule de ce type. Mais peut-être pouvaient-ils espérer avoir un ascendant insidieux et souterrain dans le monde des lettres ? C'est vrai, ils ne cherchaient pas le succès économique, ils ne le refusaient pas non plus, mais ils ne se faisaient pas d'illusions, car c'est bien connu, les revues ne gagnent jamais d'argent ; à peine arrivent-elles à équilibrer leur compte. Mais, il fallait bien croûter. C'est ainsi qu'ils se mirent en quête de sponsors, de partenaires, de mécènes inconscients ou de généreux donateurs. Avec une revue, pas de business plan ; et sans business plan, pas d'investissement de la part des banques ou de gestionnaires de capital-risque, encore moins de business angels qui, accepteraient de se pencher sur le berceau du nouveau-né. Et comme l'argent n'a ni odeur ni saveur, ils se dirent qu'ils pouvaient prendre quelques risques dans l'origine des fonds qui les aideraient à démarrer leur aventure.

Seulement, ils n'avaient pas prévu l'imprévisible. Si prévoir le prévisible ne présente vraiment aucun intérêt, il faut toujours prévoir l'imprévisible, tous les mages, voyantes et autres marabouts vous le diront. La meilleure improvisation n'est-elle pas celle qui se prépare de longue date ?

Comment financer un tel magazine ? C'était là tout le problème. Mais, ils avaient quelques idées. Des bonnes, même des excellentes, mais aussi des mauvaises, voire des exécrables, sans parler d'idées indignes. Mais, tant que les idées restent au stade du concept et ne sont pas réalisées, peut-être même, pas réalisables, elles sont comme des fantasmes qui enrichissent la pensée et excitent le désir.

Et puis, il s'agissait aussi de constituer un comité de rédaction suffisamment étoffé pour donner une crédibilité et une légitimité à la revue. Mais attention, quelque chose de sobre, pas comme dans certaine revue, où le comité de rédaction comprend une cinquantaine de membres répartis en commissions, sous-commissions et groupes de travail : « économie », « mœurs, société », « enseignement », « politique, justice », « sciences et techniques »… pas moins d'une douzaine au total. Si, certaines revues fonctionnent ainsi et d'ailleurs, tous les participants à ce comité sont volontaires et bénévoles et la plupart considèrent même cette participation comme honorifique.

Chaque revue possède sa manière singulière de fonctionner. Par exemple, « Divergences », revue sérieuse et politique, limite *intellichiante,* réunit son comité de rédaction pour un déjeuner mensuel où chacun paye son écot. Puis, après avoir évoqué les grands sujets du moment pendant cette bombance comme : la famine dans le monde, le partage des richesses, l'extinction de la pauvreté après 22 heures, etc., un comité plus restreint, « le conseil de rédaction », se réunit en petit comité et décide, en toute absence manifeste de concertation et dans le plus pur esprit antidémocratique, voire carrément stalinien, de la teneur du sommaire de la prochaine revue. Évidemment, ceux qui sont exclus des circuits de décision de la revue ont bien essayé à un moment de les faire évoluer en criant au caractère antidémocratique, voire carrément stalinien, des décisions prises en leur absence. Ils se sont vu rétorquer, tout de go : « Les comités ont toujours fonctionné ainsi, ce n'est pas à cause de quelques individualités fortes, mais rebelles que ça va changer aujourd'hui. » Et toc ! Bien envoyé et on vous l'envoie pas dire. Dorénavant, tout sera comme d'habitude !

Non, mais…

D'autres revues ont banni complètement et définitivement le comité de rédaction. Toutes les décisions sont prises à la va comme *j'te pense*, parfois ici et maintenant, parfois là-bas et tout à l'heure, parfois même pas du tout, c'est ce qui leur donne un sel tout particulier. Ou bien, tout se décide, du contenu du prochain numéro à la gestion des invendus, dans un grand élan égalitariste où le rédacteur en chef a la même voix au chapitre que le livreur, tout ça dans le bruit et la fureur, à l'instar de l'agora athénienne ou de la place du village d'un canton reculé de la Confédération helvétique.

Sans comité de rédaction, ces revues se privent ainsi de grands moments, d'envolées lyriques, de chahuts organisés ou anarchiques, de broncas spontanées, de théorie du bordel ambiant et autres joyeusetés qui, comme chacun sait, sont de nature à libérer créativité et inventivité.

Antagonistes, les deux méthodes se défendent. Elles ont chacune leurs partisans acharnés et leurs détracteurs féroces ou le contraire. L'avantage de posséder un comité de rédaction composé de spécialistes, d'experts, d'exégètes pointus et acérés, c'est bien sûr d'être une source intarissable en idées de sujets et en auteurs. Mais, revers de la médaille, inconvénient majeur pour ne pas dire rédhibitoire, la présence de ce comité rend la revue prisonnière d'un milieu, d'un système de pensée, d'une gamberge en vase clos. De renfermé, l'odeur devient vite fétide si quelques fenêtres ne sont pas ouvertes sur des horizons inédits, car les horizons ne sont pas obligatoirement toujours nouveaux, contrairement à ce que peuvent penser les mauvais navigateurs et les médiocres littérateurs. Mais, comme disait ce joyeux luron de Sénèque : « Il n'est point de vent favorable pour celui qui ne sait pas où il va ». Cette sentence n'empêche pas ceux qui savent où ils vont de rencontrer aussi des vents contraires.

Chapitre VII

Cette entreprise, non pas la société en elle-même, mais la volonté d'entreprendre quelque chose ensemble, c'est vite devenu la course au fric.

— Moi, je connais un petit imprimeur qui est bon, sympa comme tout, dit Jean-Pierre. J'ai déjà eu affaire à lui quand je m'occupais de ma revue sur *Les divers aspects de la spiritualité en Amazonie.* C'était il y a trois ans. Il m'avait fait crédit jusqu'à ce que la revue fasse des bénéfices. Inutile de te dire que c'était un peu suicidaire de sa part. Peut-être nous fera-t-il les mêmes facilités de paiement ? Et cette fois-ci, c'est sûr que ça va marcher… Il s'appelle Dominique Blanchot. Le seul petit problème, c'est qu'il est dans l'Eure, près de Vernon. Une bien jolie région au demeurant. Tiens, je l'appelle de ce pas.

— Alors, tu l'as eu, demande Alain quelques instants plus tard.

— Oui, répond Jean-Pierre, il nous invite à déjeuner après-demain dans sa maison. Il n'y a rien à apporter. Il nous demande juste d'être à l'Eure. C'est sa blague habituelle… qui ne fait rire que lui. Il dit que c'est de l'humour. Je n'ai rien dit. Je ne voulais pas lui faire de la peine. Et en plus, si on a besoin de lui, vaudrait mieux pas le vexer.

Imprimeur médiocre parce qu'il s'intéressait d'assez loin à son métier, Dominique Blanchot avait toujours rêvé d'être cuisinier. Fin gastronome, maître queux à ses heures, il avait passé sa matinée à concocter à ses invités un pigeon en croûte dont il jaugeait la cuisson en humant le fumet au-dessus de la petite cheminée en carton ménagée dans la pâte. Sa spécialité. Pour commencer, une petite fricassée de mousserons et de chanterelles et pour terminer un crumble à la rhubarbe. Le tout arrosé d'un Givry 1989 à la cuisse charpentée et gouleyant à souhait. Café, pousse-café en forme de ratafia, et on discute du projet.

Qu'est-ce qu'il me veut encore, Jean-Pierre ? se demandait Blanchot. Je me demande s'il n'est pas un peu velléitaire. Tout ce qu'il entreprend le pauvre tient plus de la construction branlante que des pyramides de Gizeh. Faudrait pas qu'il me porte la poisse… Mais peut-on refuser quelque chose à un *frère* ? Tout en ruminant, l'imprimeur-cuisinier touillait consciencieusement un petit mirepoix destiné à accompagner le pigeon. On pouvait se demander pourquoi Blanchot mettait les petits plats dans les grands pour ses invités auxquels il ne tenait pas plus que ça et à qui il ne devait rien. Mais, tout simplement parce qu'il aimait cuisiner, que le temps était plutôt favorable en ce début d'automne et qu'on allait manger dehors sous la surveillance attentive de ses deux jeunes bergers allemands de deux ans, Sultan et Soliman. En ce moment, on en était à l'année des « U ». Les Ursule, Urgo et Utopie, petits roquets tout neufs, pullulaient sur les trottoirs des villes et venaient ajouter aux déjections existantes les tonnes d'excréments que les motos-crottes s'évertuaient à éradiquer sans y parvenir. C'est fou ce que les chiens peuvent chier.

Pendant ce temps, non loin de la maison de Dominique Blanchot, les deux revuistes en devenir erraient dans les forêts avoisinantes en quête de cette satanée baraque. Pas très simple à trouver la maison. Jean-Pierre au volant de sa vieille Volvo 1963 avait bien tourné une demi-heure avant de reconnaître les lieux. Mais il avait prévu l'éventualité de ne pas se repérer depuis sa dernière visite qui remontait à quelques années – trois ans et demi pour être exact – et de se perdre ; il avait aussi prévu une marge d'erreur importante en partant une heure avant l'heure. Et pourtant, l'Eure c'est l'Eure. Ils étaient enfin arrivés et avaient l'air parfaitement ridicules avec leur bouteille de bordeaux médiocre. Et alors, on s'est mis à table, car il faut bien faire la part des choses en séparant l'important de l'essentiel, le capital du primordial et le bon vin de l'ivresse. Après avoir sacrifié religieusement aux agapes, Dominique Blanchot, qui n'aurait toléré en aucun cas que l'on parle affaires pendant qu'on appréciait ses mets divins, allongea ses jambes sous la table, sortit de la poche intérieure de sa veste un étui en cuir brun qui pouvait contenir cinq havanes de taille moyenne, en tout cas pas plus gros que des numéros 3 de Montecristo, – Il en restait quatre –, proposa à ses invités de partager son vice hédoniste, s'enquit de la raison de leur visite.

— Alors, parlez-moi un peu de votre projet, les gars, dit-il en approchant la flamme d'une allumette sous le corps du module de taille honorable. Il avait l'air de s'intéresser plus au bon allumage de son cigare qu'aux velléités littéraires des deux abrutis – en réalité, il les considérait un peu comme tels –, qui lui faisaient face.

Les deux compères repus expliquent avec enthousiasme et véhémence leur projet. Excellent cuisinier et piètre imprimeur, en fait, Dominique Blanchot ne comprendra rien aux impératifs de périodicité. La revue précédente était trimestrielle ; celle-ci est mensuelle. Ça change tout. En plus, c'est un adepte des messes noires et de curieux rituels. Il évoque ces cérémonies pas si secrètes que ça dans sa revue, car il en possède une aussi de revue, à la périodicité fluctuante et capricieuse. Alors, il s'occupera de tous ses autres travaux quand il aura le temps. Pourtant, un accord est conclu.

Comme Blanchot vient de remporter un gros contrat de brochures avec le département d'un ami travaillant à EDF, il accepte d'éditer la revue sans rien gagner jusqu'à ce qu'elle fasse des bénéfices même si l'expérience est une lanterne qui éclaire d'habitude le passé, la lumière là ne devait pas être suffisamment forte pour l'instruire de ses déboires antérieurs. Tout de même, un bon zigue, le Blanchot, pensent nos deux lascars tous à leur projet fumeux.

Évidemment, l'accord conclu sur un coin de table, fût-elle gastronomique, restera lettre morte. Au bout de trois mois et de la sortie d'une seule revue, ce qui est plutôt rédhibitoire pour un mensuel, force était de constater que les choses ne pouvaient continuer ainsi. Il fallait y mettre un terme. Et illico presto. Ce qui fut fait. Non sans quelques noms d'oiseaux qui volèrent, dépassant bien sûr, dans les nuages de fumée havanesques, la pensée de chacun. « Si ça ne vous convient pas, vous pouvez aller voir ailleurs, bande de chieurs… », « C'est exactement ce qu'on va faire, espèce d'imprimeur de mes deux », gueula Quentin dans le téléphone qui lui apprenait que le délai n'était pas respecté pour la deuxième fois. Une fois de trop. Mendel était frustré. Il aurait bien voulu aussi lui dire son fait. Il n'en pensait pas moins. Même plus.

Chapitre VIII

Ils étaient dans la merde. Ils étaient bloqués. Ils ne savaient pas quoi faire. Il s'agissait donc de trouver rapidement un autre imprimeur. Ils en trouvèrent un par hasard. Sauf que le hasard n'existe pas. Pasteur, le savant, qui s'y connaissait en hasard et en souris blanches, avait l'habitude de dire que le hasard sourit aux esprits préparés. Judicieux, non ? Pasteur, avant de devenir un institut, était une institution. Et s'il s'était permis de donner son avis sur le hasard, c'est qu'il pouvait se le permettre. Il n'y a pas de hasard.

Assis à la table, à leur table, de leur troquet habituel, le bar-tabac au coin de la rue du Dessous-des-Barges, à cinquante mètres du local qui leur servait de bureau, ils ruminaient leurs soucis qui leur paraissaient sans issue. Un soir en parlant au tôlier de leurs problèmes, de leurs ennuis, de leurs emmerdes, de leurs contrariétés, de leurs déceptions et surtout de leurs désillusions, le patron leur signala un de ses potes. Vous pouvez venir de ma part, leur dit-il en leur reversant une Suze Cassis. Allez, c'est la tournée du patron. Un bon zigue, lui aussi, faudra se méfier. Qu'est-ce que ça cache ? se demanda Alain qui a toujours eu des tendances paranoïaques.

Tiens, je parie que vous ne savez pas que ce que je suis en train de vous servir, ça s'appelle un fond de culotte en langage de bistrot. Hein, alors, pourquoi ? Hein, vous savez pas, hein ? Parce que le fond de culotte ne s'use qu'assis… ne *Suze Cassis*… Vous voyez l'astuce ? Elle est pas bonne celle-là ? Aha, aha, aha. Alain et Jean-Pierre font des yeux ronds. Les branquignols sont atterrés. Mais, ils repartent du rade avec une adresse : Bernard Lacombe – Imprimeur – 2, rue du Donjon à Aubervilliers. On y va ? On perd rien à aller se renseigner… Ni une, ni deux, ni trois, ni douze. La translation vers la périphérie immédiate de Paris a lieu séance tenante.

Pendant qu'Alain, à la place du mort, est en train de déchiffrer un vieux plan de banlieue qui doit avoir à peu près le même âge que la Volvo, Jean-Pierre avance à l'aveuglette dans le dédale des petites rues commerçantes de cette banlieue populaire. À droite, rue Sébastien-Bottin… Puis deuxième à gauche, puis première à droite, dit Alain qui avait été scout dans sa jeunesse et qui savait se repérer sur un plan, nom de glas. Ça devrait être la bonne rue. Quel numéro déjà ?

L'itinéraire était sans faille. Jean-Pierre gara la voiture devant une minuscule boutique maronnasse, dont l'enseigne représentait une plume d'oie sur une sorte de papier chiffon à l'ancienne dont les coins rebiquaient, genre carte au trésor de pirate. Pas d'erreur, c'était bien là.

— Bernard Lacombe, dit Jean-Pierre d'un ton plus affirmatif qu'interrogateur en poussant la porte qui fit un gling-gling inhabituel au lieu du ding-dong ordinaire. On vient de la part du patron du bistrot de la rue du Dessous-des-Barges.

— Ah, oui, P'tit Louis, ça fait un bail que je l'ai pas vu. Comment va-t-il, l'affreux ? On en a fait de conneries ensemble dans le faubourg. Tiens, je m'rappelle quand on a défoncé la bagnole de Marcel, tudicu, la rigolade… Et comme il revivait la scène, il se tordait et se tapait sur ces grosses cuisses en riant à gorge béante, mais pas déployée. Puis, il se tut brutalement. Mais, au fait, qu'est-ce que vous voulez ?

— Bernard Lacombe, vous avez un nom connu, vous…

— Ça fait quand même quarante ans que j'suis dans le métier, pute borgne, alors, vous savez…

Un canon, deux canons, et l'affaire est conclue. Tellement fait affaire même que le loustic typographe décide de subventionner ses nouveaux potes. Il met des billes dans l'entreprise. Décidément, tout le monde se mouille pour ce canard… boiteux. Ça commence à devenir bizarre. En fait, rien de mieux comme couverture qu'une revue. Plus tard, les billes en question, on s'apercevra qu'elles ne sont pas en agate, mais que c'est plutôt de l'argent, de la drogue, de la mafia, de l'argent blanchi. Un peu puant tout ça même si l'argent n'a pas d'odeur.

En plus, l'imprimeur est faux-monnayeur à ses heures. Sa photocopieuse de couleurs toute neuve dont il vante les mérites à tous ses interlocuteurs est particulièrement performante. Elle fabrique des Pascal[1] à tire-larigot.

---

[1] Le 500 francs Pascal est un billet de banque français créé le 4 janvier 1968 et émis le 7 janvier 1969 par la Banque de France à la place du 500 francs Molière.

Chapitre IX

Donc, l'imprimeur est faux-monnayeur. Il est aussi fourgue ou receleur, c'est comme vous voulez et c'est pour ceux qui ont la comprenette difficile. Enfin, il rend des services, le Bernard. Il fait partie de la bande de la Butte-aux-Cailles. C'est un coopératif à partir du moment où on l'alimente. Dans son atelier, il garde le matos récupéré, emprunté, volé, soustrait définitivement et conserve l'arsenal des voyous. On peut trouver, même sans beaucoup chercher, ni mousquets, ni arquebuses, mais des kalachnikovs, des M16 de gros calibre, des armes de poings genre Magnum ou P38, des Glock, des Smith & Wesson, des Beretta et des pistolets à barillets. Même des petits pistolets féminins. Il doit y avoir de la demande. Mais, à part ces armes de poings et quelques armes blanches, genre couteaux, lames effilées et tranchantes, on découvre aussi des armes de choc, genre massue ou masse d'armes. Dans son entrepôt, des armes d'hast et de jet : lance, pique, hallebarde, épieu, javelot et même quelques arbalètes et catapultes de siècles incertains.

Parce que derrière la minuscule boutique se discerne à peine une encore plus minuscule arrière-boutique de laquelle débouche un gigantesque hangar. C'est vraiment impossible de la rue de se rendre compte de l'espace et du volume de l'endroit. Et là, c'est les Galeries Lafayette, le Bazar de l'Hôtel de Ville et les Magasins… réunis. On y trouve vraiment de tout. Un jeune couple pourrait monter son foyer. Un vieux couple pourrait remplacer quelque machine défectueuse. Et quand on dit tout, c'est tout. Il y a là une sorte d'inventaire que n'aurait pas renié ni Prévert ni Lépine, car Lépine a toujours aimé les inventaires.

C'est un bon gros, le Bernard. Tout en rondeur et en bourrelets. Tout en suintante graisse et en dégoulinante adiposité. Sa corpulence lui donne de la contenance et sa contenance lui tient lieu de prestance. Le revers de son veston qui est plutôt en fin de carrière, sans formes ni couleurs, aux boutons dépareillés est le témoin actif d'anciennes agapes. N'aurait-il pas mangé une choucroute ce midi, se demanda Alain qui ne supportait pas de s'afficher avec une tache ?

Qui viendrait soupçonner un honnête commerçant qui a pignon sur rue ? Derrière cette façade de respectabilité, cette bonhomie coutumière, cette faconde bienveillante, se cache une petite gouape sans états d'âme, mais doté d'un sang-froid qui lui a toujours sauvé la mise. Qui pourrait penser un instant que ce citoyen irréprochable qui s'acquitte de ses impôts rubis sur l'ongle, qui dit immanquablement bonjour à ses voisins, qui distribue des bonbons aux enfants des clients, est en fait un redoutable « brigand » et l'une des têtes pensantes de l'organisation ?

Chapitre X

Nos deux branquignols ont démarré la revue. C'est la seconde manière. L'épisode Blanchot est oublié. Ils pensent avoir tiré les enseignements de cet échec, qui était plus qu'un contretemps.

C'est décidé : la revue s'intitulera Polar'Idées. Pour Polarité. C'est un jeu de mots. Vous aviez compris, si, j'en suis sûr. Nos deux héros ont toujours aimé les jeux de mots. En fait, surtout les calembours. Ce sont toujours les calembours les plus mauvais qui sont les meilleurs. Ils hésitaient avec Le Cercle polar, mais ils ont eu peur de refroidir le lectorat potentiel. C'est tout de même Alain qui, dans un éclair de génie, a trouvé le titre de la revue. C'est important le titre d'une revue. C'est sa porte d'entrée. C'est ce qui la fait acheter. Il ne faut pas un titre repoussoir. Alain, qui est peut-être le plus littéraire des deux, a des théories bien arrêtées sur les titres. Il faut un mot qui claque, qui gifle l'imagination ou une formule qui marque, qui frappe, qui laisse sa trace, qui imprime son empreinte. Alain est véhément, fougueux, déchaîné, bouillant. Il déroule son chapelet d'arguments pour emporter le morceau. Il veut persuader son compagnon de travail et néanmoins ami de l'importance de l'accroche. Pour l'achat d'impulsion, c'est pareil, la revue est en pile sur un rayon. Si le titre ne vous a pas sauté aux yeux, quasiment à la figure, presque pris à la gorge, votre revue, elle reste en pile, là, triste comme une revue sans lecteurs, comme une plage du Nord en hiver sans promeneurs bousculés par les vents marins, comme un centre commercial sans badauds, comme une vieille prostituée abandonnée par ses anciens clients. Enfin, votre revue en pile qui ne diminue pas, elle neurasthénise, c'est sûr, ça fait pas un pli. D'où le choix d'un titre choc. C'est primordial le titre. Alain essaie de convaincre Jean-Pierre qui voulait l'appeler « Au nom de la loi », ce qui faisait un peu revue juridique.

— Non, Jean-Pierre, tu peux pas faire ça. Il en va de la survie de la revue. Crois-moi, tu le regretteras pas. Si tu ne veux pas que notre revue ait des problèmes d'identité, il faut lui en trouver une en béton. Sinon, elle aura des troubles existentiels, c'est normal. Jean-Pierre s'était laissé convaincre. Ce ne fut pas trop difficile. Il se doutait quelque part que son titre à lui n'était pas excellent.

Le comité éditorial aussi est important, capital. Comme pour le titre, mais à un autre niveau, il en va de l'existence même de l'objet littéraire, de sa pérennité, de sa survie. Il sert à piloter la ligne politique, directrice, évidemment éditoriale de la revue. Le comité critique la revue qui vient de sortir, là ce n'était pas encore le cas, et définit les orientations de la prochaine. Il fait le sommaire, en gros, à la louche qui devra être suivi par le rédacteur en chef sous peine de voir le comité éclater, démissionner ou bien s'écharper. C'est dans la nature de tous les comités éditoriaux de se disputer âprement le moindre bout de gras, de s'entretuer, de débattre, de négocier, de parlementer, de marchander et de former des clans qui se liguent les uns contre les autres avant de se déchirer dans des injures irréversibles et irrévocables. Sinon, ce n'est pas un comité éditorial, c'est le salon littéraire de mademoiselle de Scudéry.

Ils ont constitué un comité éditorial solide. Avec des éditeurs concernés, des auteurs impliqués, des libraires spécialisés, d'ex-grands flics grillés qui se consacrent désormais à l'écriture et qui, depuis qu'ils ont quitté la grande maison, flinguent tout ce qui bouge avec leur plume et avec la même facilité que quand ils défouraillaient pour de bon. Ah oui, siège aussi Armand Leprêtre, professeur émérite de criminologie éminent et décrépit, ancien médecin légiste et directeur pendant douze ans de l'Institut Médico-légal parisien, le bâtiment qui épouse périlleusement le virage dangereux du métro à la station Quai de la Rapée. L'incontournable Simone Goutal, fait aussi partie de la joyeuse troupe, pour la bonne et suffisante raison qu'elle a obtenu le Prix du Quai des Orfèvres il y a maintenant 32 ans. Avec cette débauche de quais, ce n'est plus un comité de rédaction, c'est une véritable assemblée de dockers.

Les réunions de comité mensuelles se déroulent à peu près tous les mois et, comme il se doit, elles sont forcément agitées. Personne n'est d'accord avec personne. Et réciproquement. Ça s'accroche, ça s'étripe, ça s'engueule, ça s'invective, ça s'agonit d'injures. Et tout ce petit monde joue les importances. C'est sportif. Jean-Pierre, outre la direction de la rubrique « France », s'est arrogé le titre de rédacteur en chef. Alain, le plus effacé des deux, n'est que le directeur de la publication. C'est déjà pas mal. De toute façon, à eux deux, ils doivent remplir tous les rôles. Et même éteindre la lumière le soir en partant. Bien tard, parce qu'une revue, tout le monde vous le dira, surtout ceux qui en ont dirigé ou y ont participé, sans parler de ceux qui en ont lu, ce n'est jamais fini.

Chapitre XI

Maintenant, on peut le dire : le premier comité de rédaction ne s'est pas très bien passé. La moitié des participants arriva en retard, ce qui mit l'autre moitié de mauvaise humeur. L'édifice, fragile par définition et de constitution, ne se construisait pas sur les meilleures bases. Et en plus, le rédacteur en chef n'a pas fait preuve de diplomatie et le directeur de la publication a manqué pour le moins de délicatesse. Jean-Pierre s'est cru obligé d'ordonner au lieu de suggérer et Alain s'est employé à contredire chacun. « Mais qu'est-ce que c'est que ces deux jobards ? » pensait la moitié des présents ; quant à l'autre moitié, elle hésitait entre la consternation et la stupéfaction. Quentin, en qualité de *rédac chef,* et pour montrer qu'il mouillait sa chemise, proposa d'écrire une nouvelle. Policière, bien sûr.

Une histoire tordue d'attaque foireuse d'un fourgon blindé. C'est l'histoire d'un type qui, après avoir purgé une peine de cinq ans à la centrale de Poissy pour attaque à main armée décide de se ranger des bagnoles, mais n'a pas prévu que son petit frère, voyou sans envergure, impliqué dans un trafic de drogue, doit trente plaques à la bande des Ritals. Le remboursement, ça urge. Il y a peu de chance pour que ça attende la semaine prochaine. Faut faire fissa. Impossible pour le type, genre truand grande classe qui pourrait donner des cours de déontologie (la vieille école, quoi !) de laisser son petit frère dans la mouise.

Alors, il replonge et, évidemment, ça va mal se passer. Un sujet complètement inédit et pas du tout épuisé comme on aurait pu le croire depuis « Touchez pas au grisbi ».

Il n'en était pas à son premier coup d'essai, Jean-Pierre, pas le type. Un peu comme Horace Mac Coy, avec « Un linceul n'a pas de poche » paru dans The Mask, Jean-Pierre avait déjà publié dans une confidentielle et austère feuille de chou une historiette un peu naïve et très manichéenne avec des bons et des méchants un peu stéréotypés. Ce qui était bien, c'est qu'il n'y avait pas d'ambiguïté. On pouvait pas se tromper. On aurait dit un western de John Ford première période.

De la course aux abonnements à la sollicitation des annonceurs pour s'offrir une page de pub dans cette revue je-vous-assure-absolument-unique-en-son – genre, on doit tout faire et savoir tout faire dans ces petites revues : du commercial quand on est un peu créatif un peu poète, de la gestion quand on est un peu poète.

Même si l'on a décidé une bonne fois pour toutes que deux et deux font cinq, que l'on est hémiplégique du côté mathématique, il s'agit de s'occuper de la comptabilité, d'établir les factures, de gérer les stocks, d'accueillir les retours et les invendus ; de gérer les conflits avec les libraires qui sont des caractériels. Et les auteurs, ils ne sont pas caractériels, les auteurs ? Sans parler de ceux qu'il faut convaincre dans la grande distribution. Vendre des livres, des revues ou des boîtes de salsifis. C'est du pareil au même. Les vendeurs n'ont pas d'état d'âme.

La distribution pour une revue, c'est capital. Faut pas négliger. Les problèmes de diffusion aussi, d'ailleurs. Faut démarcher. Les grandes librairies et les petites, et après les minuscules, et les ridicules. Et les fournisseurs. Se battre avec les imprimeurs pour obtenir des réductions, des remises, des délais, des arrangements. Tout ça, c'est du chiffre. Et faire du chiffre, c'est sortir la suivante.

Mais, je sais, je vous ennuie avec tous ces problèmes administratifs. Vous qui vouliez, vous évader en lisant un bon polar avec du suspens, des meurtres, des rebondissements, d'ignobles crapules, des voyous au grand cœur, des lâchages, des traîtrises, des trahisons, des dénonciations, des infidélités, des coups tordus, des magouilles sophistiquées, des arrangements à la petite semaine, mais aussi de grands élans de fraternité, des retours en grâce, des retrouvailles, des histoires d'amour qui finissent mal en général, tous les ingrédients que l'on met habituellement dans la marmite polar et qui, selon le talent et la manière de l'auteur transforment, par une alchimie complexe et forcément subtile, les mots, les intrigues et les situations en un chef-d'œuvre, un bon livre ou une merde.

Chapitre XII

Sortie du numéro un. Le vrai numéro un, deuxième manière. L'autre tiré par Blanchot, le cuisinier, ça ne compte pas. C'était pour du beurre. Une sorte de galop d'essai. Un numéro zéro, en quelque sorte. Quand on pense que ce sont les Arabes qui ont inventé le numéro zéro. Sans les Arabes, Jean-Pierre et Alain se seraient tout de suite mis à l'eau, auraient plongé dans le grand bain immédiatement sans passer par la pataugeoire. Sans les Arabes, pas de numéro zéro. Merci, les Arabes !

Ce fut un véritable branle-bas de combat. Tout a été terminé à la dernière minute. Dans l'urgence, comme il se doit. Il manquait un article. « Mais si, tu sais bien, je te l'ai donné hier soir à la relecture », fulminait Jean-Pierre. Il s'agissait de son analyse du premier festival du polar balkanique qui avait eu lieu à Argenteuil le mois précédent. Et comme chacun sait, il y a une communauté serbe, croate, slovène et même herzégovinienne très importante dans cette banlieue nord-ouest de Paris qui vit dans la plus parfaite harmonie en souvenir d'un Tito adulé, adoré, idolâtré et encensé comme le petit père de tous ces peuples en diaspora.

« Mais non, je t'assure, répondit Alain, tu as voulu justement te le garder ton papier, parce que tu désirais vérifier l'orthographe de quelques noms propres. » Et comme chacun sait aussi, elle n'est pas simple l'orthographe des noms propres de ces contrées perdues entre montagnes et mer Adriatique. Heureusement que les noms propres n'ont pas d'orthographe, n'est-ce pas ?

En écoutant Alain d'une oreille plus que distraite, Jean-Pierre, énervé et sûr de son fait, du haut de sa stature gullivérienne, fouillait partout. Dérangeait le désordre soi-disant organisé de son bureau. La tension montait, mais dans ces moments-là, il n'y a que la tension qui compte. « C'est bon, je l'ai retrouvé », dit Jean-Pierre, un peu déçu et frustré, car il aurait bien voulu passer ses nerfs sur quelqu'un. Il se demandait quel était le crétin qui avait bien pu mettre cet article dans la bannette des papiers en réserve pour le mois suivant – de conserve, ils l'avaient dénommé le *frigo* – mais comme ils n'étaient que tous les deux à régir ce genre de choses, il se rendit soudain compte et même à l'évidence que le crétin en question, c'était bien peut-être lui, tout simplement.

Alain, absorbé dans la maquette à calibrer un titre trop long, ne prit pas la peine de répondre, mais n'en pensa pas moins. Pas plus non plus. Au début de leur aventure et avant même la sortie du premier numéro, ils avaient déjà des réflexes de vieux couples. Avec des colères froides rentrées, des exaspérations révoltées, des silences éloquents, des coups de gueule intempestifs et des agacements définitifs qui ne duraient pas comme tout ce qui est définitif et sans appel. C'est aussi parfois ce qui fait la force d'un couple. C'est physique. Et pourtant, il tournait… le tandem.

Enfin, ils l'avaient en main, ce fameux exemplaire. Le premier à sortir des presses de l'imprimeur. Les feuillets étaient encore chauds comme les croissants d'un matin de bonheur. Bien sûr, dans cette réalisation, fabriquée de haute lutte, il n'y avait pas que du papier, de l'encre, des caractères alignés plus ou moins harmonieusement, des illustrations, des photos. Il y en avait des heures et des heures de travail dans ce petit rectangle cartonné, relié, broché, de la sueur et des larmes, des nuits blanches, des sacrifices, des engueulades, des discussions à n'en plus finir, des fous rires aussi, des opinions contradictoires, des débats constructifs et stériles, de légères disputes et des discordes profondes, des mésententes et des démêlés, sans parler des luttes *intestinales* pour la conquête des uniques toilettes du bureau.

Ils le tournaient et le retournaient dans tous les sens, cet exemplaire unique. Ils n'en croyaient pas leurs doigts. Un curieux mélange de fierté et d'étonnement incrédule les agitait. Sur la couverture, la une, en gros caractères rouge sang, il était inscrit Polar'Idées. En dessous, après le mot « dossier » en gras et les deux gros points qui suivaient ce mot, on pouvait lire :

Les nouvelles tendances du « marché » noir

Décidément, ils raffolaient des jeux de mots, ces deux-là. Selon l'accueil du public, ils décideraient de conserver cet esprit facétieux ou ils l'abandonneraient. Enfin, ils s'adapteraient. S'ils en étaient capables. À voir. En tout cas, difficile à prévoir pour l'instant. L'accueil fut plus confidentiel que catastrophique. Le premier tirage était de 2000 exemplaires. Dans ce type de publication, c'est un tirage exemplaire. Leur diffuseur, Jean-Claude Battrut, un pote de Bernard Lacombe, l'imprimeur véreux – ils devaient être de la même bande – en avait placé environ le tiers chez les libraires, avec un gros effort dans les Fnac partout en France. Il attendait de voir comment se vendait le « produit » et ils attendaient également les éventuels retours avant de placer le reste. Les conditions étaient bien sûr léonines, comme d'habitude.

Voici comment le circuit fonctionnait. C'est très simple. Pour résumer, le créateur est toujours cocu. Il faut bien que les choses se sachent. Tous les intermédiaires se servent d'une façon outrageusement scandaleuse et puis s'il reste quelques miettes pour l'auteur, le système rapace lui fait une aumône symbolique. En gros, pour un livre, sur le prix public, l'éditeur se garde 30 %, le diffuseur se prend 30 %, le libraire s'octroie 30 % et ! » écrivain, pauvre pomme, selon le contrat, touche 8 à 12 %. Les gros libraires ou les gros distributeurs comme les hypermarchés font évidemment la loi dans le système. Eux, ce n'est pas 30 % de marge qu'ils s'attribuent, c'est carrément 45 % et en plus, ils ont un an pour effectuer le retour de leurs invendus. C'est pratiquement sans risque pour cette engeance malfaisante. De toute façon, ils sont incontournables. Et ils le savent. Alors ils en profitent de leur position de quasi-monopole. Ils auraient tort de s'en priver.

Chapitre XIII

Dans le cas de la revue de Quentin et Mendel, la situation était quelque peu différente et plutôt favorable, si l'on veut. Sans le savoir, ils étaient entre les mains de malfaiteurs. Ils s'étaient jetés sans s'en rendre compte réellement dans la gueule de carnassiers sans scrupules. Des escrocs qui avaient trouvé leurs corniauds. L'imprimeur, étant persuadé, grâce à ces deux naïfs, de s'offrir une couverture honorable à bon compte, leur avait ouvert une ligne de crédit pratiquement inépuisable, et Battrut, le diffuseur, avait reçu des instructions d'en haut. « C'est bon pour nous, t'en fais pas », avait dit le grand boss d'une façon péremptoire et un peu mystérieuse. Et même lapidaire. Le grand boss parlait assez peu. Il ne disait que le strict minimum. Mais, c'était toujours d'une rare efficacité.

À ce stade du récit, faut que je vous parle du grand boss. Il s'appelait Alfredo Costa et comme dans le milieu il vaut mieux avoir une ascendance intéressante et pleine de promesses, il était Sicilien. Son origine lui avait certainement conféré sa couronne. Venir de ce bout de terre en forme de triangle rectangle dont la somme des carrés de deux côtés est égale au carré de l'hypoténuse ou quelque chose de ce genre-là, ça aide dans la vie. Il était donc arrivé à seize ans de sa Sicile natale. Sa mère adorée était morte en couches quand il en avait douze. Elle était en train de donner naissance à son septième garçon. Ça s'était mal passé. L'enfant aussi était mort à la naissance. Un sale gâchis et un vrai carnage. Le père Alberto, maçon de son état – avec tous ces maçons siciliens, impossible de trouver un plombier, surtout le dimanche –, ne pouvant plus supporter la demeure familiale, décida de s'exiler. En Corse. Avec toute sa progéniture. C'est là, dans cet environnement particulièrement ensoleillé et assez exposé aux influences néfastes ambiantes d'un milieu corrompu, que le jeune Alfredo poussa, monta en mauvaise graine et fit son apprentissage de jeune caïd.

Pas très motivé pour les études qu'il abandonna en arrivant sur l'île de Beauté, après quelques années d'intérêt divergent, et encore moins enthousiaste pour soulever les sacs de ciment, les pierres et les roches du cru, les parpaings et les litres d'eau (et de vin), pain quotidien du paternel, le jeune Alfredo, adolescent docile et insouciant, devint le grouillot du potentat local. Comment avait-il atterri à Paris pour diriger la bande de la Butte-aux-Cailles ? Mystère. Dans son CV qu'il n'exhibait pas à d'improbables employeurs ou plutôt dans sa biographie, de grands pans de son parcours, de la Corse à la capitale, restaient dans l'ombre. On savait juste qu'il avait fait quelques séjours en maisons d'arrêt et en centrales. Mais où et quand ? Et pour quelles raisons ? Tout cela demeurait dans une sorte de nébuleux secret dont il valait mieux ne pas aborder le sujet. Tabou. Secret défense. Défense d'en parler et d'y voir de plus près.

Mais ces zones d'ombre qui entretenaient le mystère maintenaient également une sorte d'aura autour du personnage. Le mythe avait soif de combustible et la légende, un appétit inextinguible de braises à attiser en permanence. Alfredo, alias Fredo, alias le Fred, alias La Coste, en avait besoin. Cela se sentait. C'était bien dans la nature du personnage, imbu de lui-même et vaniteux à souhait. Les intrigues, les énigmes, les embrouilles, les dissimulations, c'était son oxygène, son azote, sa bouffée d'air pur. Sa raison de vivre. Plus qu'une nécessité, une exigence esthétique ou éthique, ou les deux en même temps. Plus que ses costards croisés rayés bleu marine, ses guêtres et ses borsalinos, il ressentait une impérieuse appétence, voire une jupitérienne exigence à donner le change – sans commission – à ses interlocuteurs.

Pas très grand, le Fred. Même plutôt nabot. Sans pour autant conserver la main dans son gilet, il était atteint du syndrome Napoléon. Le cheveu noir rare et teint gominé comme il se doit, une fine moustache comme le personnage de bande dessinée Spaghetti, des yeux sombres sous des sourcils charbonneux, le nez un peu empâté, le chef s'était fait depuis longtemps une gueule de chef. En fait, il était bien obligé de ressembler à son personnage. Il ne fallait décevoir personne. Surtout ceux qui se seraient facilement laissé tenter d'être déçus. Les bandes rivales toujours à l'affût d'une faiblesse, d'un trébuchement ou du moindre vacillement, mais aussi les membres de sa bande à lui, Fredo, les moins fiables, les plus prompts à savonner la planche du patron ou à glisser sous une semelle hésitante la peau d'une scitaminée monocotylédone. Mais c'était tous des débutants et Alfredo Costa était un véritable pro, un vrai de vrai, et c'était pas encore tout de suite que ces minables arriveraient à le blouser. Tous des ratés !

Chapitre XIV

Tout ce qui se passait en coulisses, derrière le rideau, derrière le miroir, au-delà de l'écran de fumée, tout ce qui se magouillait derrière leur dos, voire devant leur nez, ces deux branquignols de Quentin et Mendel ne voyaient rien. Ils étaient aveugles ou autistes, ma parole. Ou les deux. Ou, autre explication, le tandem avait le nez dans le guidon. Je le savais et je le voyais, moi, le petit étudiant en philo qu'ils avaient pris en stage pour relire les papiers, pour faire de la correction typographique, pour faire coursier quand ça urgeait, mais ça urgeait toujours, pour apporter une revue à quelqu'un qui comptait dans les médias, à la télé ou à la radio, mais tout le monde s'en foutait parce qu'il n'y a jamais eu une seule retombée dans la presse pour cette revue qui se devait d'être un monument de la littérature policière ou du moins un laboratoire d'idées nouvelles et qui n'était, en fait, qu'un ramassis de clichés, de souverains poncifs, que la chambre d'écho d'idées préconçues qui traînaient, ici et là, que le porte – voix des diverses tendances existantes sans jamais apporter le moindre caractère novateur. Une merde !

J'étais là aussi pour faire les cartons aux libraires, pour leur préparer le café le matin, vers 10 heures, et 11 heures aussi, enfin tout le temps ; encore heureux qu'ils étaient pas pédés sinon ils m'auraient demandé de leur faire une petite pipe de temps à autre. J'étais là pour tout ça, moi, Michel, le factotum, le grouillot, l'homme à tout faire, j'étais là pour, pour, pour… pour les observer aussi. Comme un entomologiste aurait considéré des coléoptères. Michel, tu peux aller à Réaumur ? … Michel, t'as apporté le colis à Montparnasse ? … Michel, Michel, Michel… Le seul avantage, c'est que je pouvais lire tous les polars qu'ils recevaient gratos au bureau.

À ce propos, c'est moi qui relançais aussi les attachés de presse des éditeurs pour pouvoir recevoir les livres. Et certains éditeurs justement ne les lâchaient pas si facilement leurs bouquins. À croire qu'ils n'étaient pas faits de papier et d'encre. Mais plutôt de myrrhe, d'encens, d'or et de pierres précieuses. Qui a dit que la vocation d'un livre était d'aller à la rencontre de ses lecteurs ? À croire aussi que les livres étaient leurs enfants si chéris qu'ils hésitaient à les confier à n'importe qui. Que le livre n'avait pas le droit de faire sa vie, d'avoir une existence autonome, mais juste le droit de vivre sous globe, en laisse, sous surveillance, sous tutelle. Les livres seraient des petites choses si fragiles que les éditeurs répugneraient à laisser s'envoler tout seul dans la nature… surtout les services de presse. Mais, j'avais quelques compensations : me retrouver dans cet univers de livres et surtout du polar, c'était comme si j'étais un gros gourmand dans une pâtisserie et qu'on m'aurait autorisé à manger à satiété.

Du plus loin qu'il m'en souvienne (c'est un peu littéraire, ça), j'ai toujours lu. Enfin, depuis que j'ai appris à lire, mais je crois que j'ai appris très tôt, vers trois ans et demi ou quatre ans. Tout ce qui me tombait sous l'œil était parcouru par ma rétine. Que ce soit digne d'intérêt ou non. La mémoire sélective faisait le reste. Il ne subsistait en fin de parcours que l'écume, la substantifique moelle de la colonne vertébrale de l'histoire. Mais, on est pas là pour parler de mes habitudes de lectures et de mes manies de liseur insatiable, mais plutôt des lubies de nos deux acolytes qui n'en revenaient toujours pas d'avoir réalisé une revue. En revenant de la revue, ils allaient tomber de haut, de très haut. Et ça fait mal, très mal quand on se casse les dents sur un obstacle résistant. Mais, n'anticipons pas…

C'est vrai qu'ils s'occupaient, au sens propre, de leurs affaires. Et rien d'autre. Et ça leur prenait un certain temps. Non, tout leur temps. Ils n'étaient pas paranoïaques, Jean-Pierre Quentin et Alain Mendel, enfin ce dernier, un peu tout de même. Ils voyaient le bien partout. Des sortes d'anges salvateurs dans un univers maléfique. Être crédules à ce point, c'était une manière carrément gentille et rondement stupide de ne pas voir le mal. Mais, à ce stade, plus qu'un crime, on peut dire que c'était une véritable faute de goût. Je les regardais s'agiter. En tous sens. Il y avait un côté film muet d'un siècle lointain ou film de Tati. Une sorte de frénétique hystérie. Ou d'hystérique frénésie. Ça dépendait fortement de l'angle de vision et où l'on plaçait la caméra.

Chapitre XV

Mais qu'est-ce qui lui a pris à Jean-Pierre d'écrire une nouvelle pareille ? N'allez pas me dire que cette histoire tordue sortait directement de son imagination. De sa petite tête de piaf à ce grand escogriffe. De son cerveau embrumé. C'était exactement le scénario monté par le boss pour braquer l'agence du Crédit Lyonnais avenue Jean Bart à La Rochelle. Comment il l'a appris ? Mystère. Par la bande.

En tout cas, je peux vous dire qu'il a poussé une sacrée gueulante, le boss. On l'entendrait encore s'il n'était devenu aphone et que nos tympans n'avaient éclaté sous la stridence : « Mais qui m'a donné des bras cassés pareils, des incapables, des couillons de mes deux… » « Moi, je vous dis qu'il y a eu des fuites sur notre opération… c'est pas possible autrement » « Ça va chier… d'ailleurs, si je le chope, ce petit con qui nous a vendu, je lui fais bouffer sa langue et son venin ». Et il tournait en rond le Fredo, il fulminait, il enrageait, il disait et redisait et ressassait sans cesse comme pour calmer sa colère monstre : « Si je l'attrape cet abruti de merde, pute borgne… » Et si c'était tout simplement du hasard… Non, c'est pas possible. Pasteur a dit que le hasard… Et Pasteur, il en connaissait un rayon sur ce qu'était ou n'était pas le hasard. Tempête sous une calotte crânienne : ça gambergeait dur là-dedans, ça ruminait, ça ressassait et remâchait. Le boss pesait le pour et le contre sur la Roberval de sa pensée.

Tout ça, je le sais, je l'ai vu, de mes yeux vu, comme je vous vois, je vous le jure sur la tête de ma pauvre mère qui n'en a plus beaucoup maintenant parce que c'était moi qui ai livré au boss quelques exemplaires de la revue à la demande de l'imprimeur, vous savez Lacombe, l'imprimeur pas net, le fourgue qui fabrique avec sa Rank Xerox de la menue monnaie.

Bah, t'as raison, faut pas te gêner, je me suis dit en moi-même, tout le monde me demande des services, alors pourquoi pas toi. « 28, avenue d'Italie ». Pas très loin de la Butte-aux-Cailles. Pour être près de ses troupes, comme un bon manager ou pour mieux les surveiller ? Un grand appartement hyper sécurisé avec, dans le salon, un canapé en cuir doré du plus parfait mauvais goût. Tape-à-l'œil et m'as-tu-vu. Mais avant d'accéder à ce salon de parvenu, il faut franchir quelques obstacles : parlophones, interphone couplé avec un digicode, sourire aux caméras à peine dissimulées et montrer patte blanche à un ou deux gardes du corps, des cerbères impressionnants de muscles, tout en dorsaux et pectoraux à faire péter les boutons de chemise.

Le boss, donc déjà prévenu par l'un de ses sbires de l'embrouille, ou peut-être bien par l'un des membres du comité de rédaction qui, le nez particulièrement creux, avait senti venir l'escagasse, ou d'une possibilité d'embrouille, ou de la suspicion d'une couille quelque part, le boss donc tournait comme un lion en cage. Tant qu'ils nous emmerdaient pas, ça allait, mais là, ces deux petits cons, ils ont dépassé les bornes qu'on leur avait mises, ils ont chié dans mes bottes et j'aime pas du tout ça et je vais leur montrer 72 chandelles à ces deux-là. Je vais te les gifler à faire quelques rotations dans leur slip. La tension montait. Le ton montait. Et je montais aussi livrer la revue litigieuse. Ce qui était sûr, c'est que ça allait barder. « Pourvu que je m'en prenne pas une », je me suis souvenu avoir pensé ça dans l'ascenseur hyper sécurisé.

Chapitre XVI

« Quand ils nous servaient de couverture, de coursiers, de corniauds, on les tolérait. » Les pieds nickelés face aux branquignols. La pègre et les candides. En plus, le boss est le seul qui sait à peu près lire et qui cherche l'inspiration dans les romans policiers. Ça va chier pour ces petits cons, c'est moi qui vous le dis. Qu'on me les apporte sur un plateau que je te les cuisine au chalumeau.

Et ils sont arrivés sur un plateau et vite fait. Ce sont les deux gardes du corps du boss qui les ont cueillis dans leur bureau. Jean-Pierre mettait une dernière main à une nouvelle nouvelle, un peu dans le genre de celle qu'il avait écrite et qui lui valait aujourd'hui quelque déboire. Pourquoi ne pas insister quand ça fonctionne ? Candide, on vous dit. Même ingénu et innocent. On rêve, à cet âge.

Quant à Alain, tout d'abord, il vaqua mollement à quelques occupations inutiles : il rangea des papiers, tailla des crayons, nettoya les gommes, aligna les trombones dans un ordre impeccable. Et puis, il erra sans but (car, quand on erre avec un but, ce n'est plus une errance, c'est un objectif) dans les recoins de la dépression qui survient obligatoirement avec le sentiment du travail accompli et de la mission achevée.

La sortie du numéro I de leur revue l'avait complètement épuisé. Il était rétamé, exténué, vidé. Il avait d'ailleurs besoin de se payer une petite récré. Un répit ou un repas. Ce n'avait pas été de tout repos.

Peut-être une toile à l'Actua-Champo, l'un de ces films noirs des années 40-50 du siècle dernier qu'il affectionnait particulièrement, avec Bogey, James Cagney, Peter Lorre ou Dana Andrews. Il les connaissait tous, il était même incollable et pouvait réciter un générique par cœur. D'ailleurs, il avait même connu une heure de gloire éphémère en gagnant une somme coquette à l'émission Monsieur Cinéma, présentée autrefois par Pierre Tchernia. C'est vrai, il les aimait tous ces films en noir et blanc au contraste acéré, mais le grand Bogey était de loin son favori comme Philippe Marlowe était son confident, un peu comme Jean-Pierre qui lui en avait carrément fait un modèle jusqu'à la parodie.

Et puis, il changea d'avis. Ce ne serait pas une toile, mais un tour aux grands magasins. Certains auraient été agacés de faire les boutiques ou de faire les courses, lui ça le calmait. D'autres auraient profité de cette récréation pour revoir un vieux film russe des années 30 ou pour faire du rangement, du bricolage, du modélisme ou tout simplement la sieste. En plus de la revue qui lui prenait le plus clair de ses jours, il passait le plus sombre de ses nuits à parachever la rédaction d'un roman sur vie de son père qui s'appelait « La vie est une maladie mortelle ». Ça ne se terminait pas bien, ce qui n'était pas propice à égayer son humeur. Pas étonnant dans ces conditions que son couple allait à vau-l'eau dans le gaz. Stéphanie se donnait à fond dans ses activités commerciales. Les fillettes souffraient d'avoir des parents occupés.

Alain, comme chaque fois qu'il avait terminé un livre (c'était son quatrième, deux essais, deux romans, aucun succès) et qu'il avait apposé le mot FIN sur le dernier feuillet de son manuscrit, éprouvait un besoin violent de prendre du champ. De prendre le large. Tout bonnement de s'évader de son ordinateur qui, telle une femme possessive, lui réclamait une attention jalouse et quasi exclusive. Pendant la rédaction de ses ouvrages, l'horizon de son univers se bornait à la vision bleutée d'un écran carré d'environ 30 cm de côté.

Ses doigts parcouraient à l'aveugle le clavier qui, telle une prothèse, lui était devenu aussi familier que l'un de ses membres. Chaque touche lui était connue et il savait comment chacune réagissait. Le « E », à force d'être la lettre la plus fréquente de la langue française, commençait à se révolter et à se déglinguer dangereusement. L'achat d'un autre clavier ne serait pas du luxe. Mais, on verrait ça plus tard.

Pour l'instant, une overdose d'écriture s'était momentanément installée. Un ras-le-bol incommensurable. Une sorte d'immense lassitude avait pris possession de son corps. Il ne se rappelait pas qui avait dit, avec une sorte de prescience dans son cas, que l'on considère avoir terminé un livre non pas quand on ne peut y ajouter un mot, mais quand on en éprouve un certain dégoût. Cioran ? Cette sorte de cynisme pragmatique lui convenait à merveille. Comme il avait tout donné dans ce présent ouvrage, plus que sur le précédent et moins que sur le prochain évidemment, que pourrait-il encore donner ? Il lui venait l'envie soudaine de vomir comme pour mieux exprimer sa nausée.

Il avait besoin d'autre chose. De l'air. Du vent. Une bouffée d'oxygène salutaire avant de se replonger dans un autre livre, dont il avait déjà une idée plus ou moins précise. Mais se sachant plus productif le matin, même très tôt, dès potron-minet (il trouvait ce moment tranquille et l'expression rigolote), il se dit que son nouveau projet pouvait bien attendre le lendemain, et même le surlendemain. Il pensait mériter de s'octroyer une bonne dose de procrastination.

Il avait, d'une façon lointaine et évasive, entendu parler de la déprime de la mère qui vient d'enfanter. Après avoir fourni un gros effort, la femme ressentirait une fatigue plus forte que l'amour naissant pour la chair sortie de sa chair. N'est-ce pas exactement le même phénomène pour ! » écrivain qui vient de mettre bas le produit de ses entrailles ? Il était en pleine déprime postnatale. Il relevait de couches particulièrement douloureuses parce qu'il venait d'achever ce récit sur la mort de son père. Donc, il prit la décision de traîner dans les grands magasins.

Il aimait tout particulièrement leur chaude atmosphère de luxe et de bien-être. D'abondance chatoyante aussi. Ce qu'il préférait par-dessus tout, c'était le rez-de-chaussée. À ce niveau, il y a, en représentation, presque à l'étalage, les plus jolies femmes, les plus avenantes, les plus souriantes. Des top-modèles qui rivalisent de séduction pour vous vendre des flacons qui vous enivrent. Les effluves d'essences rares et chères s'entremêlent dans une alchimie délicate et côtoient dans un curieux mélange les odeurs plus racées des objets en cuir des rayons de maroquiniers. La vendeuse de sacs, à un degré de sophistication encore élevé, est en général nettement plus ordinaire. Dans la plupart des grands magasins, c'est ainsi, parfums et cuir se partagent, à presque égalité, l'espace d'accueil. Comme s'il fallait sentir bon pour souhaiter la bienvenue au chaland. La bonne odeur – senteurs, fragrances et fumets – donne envie et fait vendre. C'est bien connu. N'importe quel expert en marketing vous le confirmera.

Dans une moindre mesure, il aimait aussi le rayon « Vaisselle ». Chaque table dont le couvert était mis lui donnait l'impression qu'il était convié à s'asseoir et qu'on allait lui servir des mets forcément exquis. Le rayon « Jouets » le vengeait de toutes ses déceptions enfantines quand la « Lingerie » exacerbait ses frustrations adolescentes et le faisait divaguer vers quelques pensées érotomaniaques. N'importe quel expert en sexologie vous le confirmera.

Chapitre XVII

Tout à sa flânerie, entièrement captivé par les flacons de toutes formes remplis d'un liquide la plupart du temps couleur ambre musquée, aquavit ou menthe à l'eau diluée, Alain n'avait pas du tout remarqué que deux hercules patibulaires le suivaient à distance. D'ailleurs, il était bien le seul à ne pas les avoir « logés » comme on dit chez à la maison poulaga c'est-à-dire repérés, tant ces deux costauds, engoncés dans leurs costards trop sombres et trop justes aux entournures, faisaient tache dans cet univers aseptisé, pasteurisé, civilisé.

« Voulez-vous bien nous suivre et ne pas faire d'histoires ? » dit le plus pachydermique des deux, d'un ton péremptoire et qui ne supportait pas la contradiction, en prenant Alain par le coude et en veillant à ce que son compère lui maintienne l'autre. Le fluet Mendel avait les pieds qui touchaient à peine le sol et semblait flotter en apesanteur au-dessus du plancher. Il faisait peine à voir. Une sorte de Buster Keaton qui volerait en rase-mottes. « Attendez, il y a un certainement un malentendu », répétait Mendel tout en étant persuadé que les hommes de la sécurité du magasin le libéreraient après s'être rendu compte qu'il n'avait rien volé et qu'il n'avait absolument rien à se reprocher. Mais, ce n'était pas les hommes de la sécurité. « Tu l'entends, non, mais tu l'entends », s'esclaffaient les deux colosses en opérant une sortie expresse vers l'une des portes battantes du magasin.

Une grosse cylindrée noire, genre BMW gamme 700 et des escarbilles ou Mercedes 600 SL, conduite intérieure cossue, était garée dans la rue attenante. Les deux masses de muscles avec une tête dessus s'y engouffrèrent, dans la rue puis dans la voiture, non sans avoir au préalable pris soin d'avoir déposé Mendel comme un petit colis Chronopost sur la banquette arrière. Le plus grand des deux gros, dit au chauffeur : « Le Boss nous attend ; arrache-toi ». Tel que. Aussi laconique que ça. Si c'est pas de la poésie, ça, qu'est-ce que c'est, je vous le demande ? Et en plus, il ne faut pas croire que la pègre rechigne à l'usage du point-virgule. Certains de ses représentants, la vieille école, très attachés aux traditions des voyous de grande classe qui ne commettent leur forfait qu'avec élégance, sont de fervents adeptes de cette ponctuation obsolète. Le plus grand des deux gros, qui n'était pas d'un extrême raffinement, avait conservé d'une éducation stricte les oreilles décollées, un nez tordu et quelques séquelles syntaxiques.

Jean-Pierre et Alain, chacun de son côté, convoyés par leurs cicérones respectifs, saucissonnés comme des bibelots chinois prêts à l'export, étaient arrivés presque simultanément dans une sorte d'effet de synchronisation parfaitement rodé. Pendant qu'ils montaient dans l'appartement du Boss par l'ascenseur privé décoré, un peu trop d'ailleurs, de stuc et d'ors, ils se regardaient, l'air interrogatif et stupide, en se demandant quel crime odieux et impardonnable ils avaient bien pu commettre. D'ores et déjà, ils plaidaient non coupables. Incrédules ou trop crédules, ils se disaient qu'il y avait erreur sur la personne, sur l'objet, sur l'erreur. Ils étaient en même temps paniqués et sereins. Dans une sorte d'état intermédiaire bizarre où rien ne pouvait leur arriver et, en même temps, on ne sait jamais avec ces branques ce qu'il peut advenir.

Chapitre XVIII

C'était la première fois qu'ils entraient dans l'appartement du Boss. Ce n'était pas dans les meilleures conditions, il faut bien le reconnaître. Ils découvraient ensemble la résidence d'un parvenu, le terrier d'un lapin de luxe. D'un tape-à-l'œil à faire frémir. D'un mauvais goût de pacotille. Deux immenses canapés dorés sur lesquels s'étalait un monceau informe de coussins multicolores entouraient une table basse en verre fumé. On y trouvait, correctement alignées par un esprit *rangeur,* des revues d'extrême droite aux titres gras et outranciers, des magazines de collectionneurs d'armes à feu, des bandes dessinées japonaises, des mangas quoi ; partout, nonchalamment jetées sur le sol, ce n'étaient que fourrures et tapis aux couleurs criardes, sur les murs, ors et dorures. Dans la pièce principale, la salle à manger, à en avoir une indigestion. Dans le petit salon, le mobilier Empire était clinquant et dans le grand salon, ce n'était pas mieux. Mais avec une sorte de mobilier contemporain un peu hybride qui n'était pas du meilleur effet.

Bon, de toute façon, nous ne sommes pas là pour parler de mobilier, fût-il hideux et m'as-tu-vu. Les gifles ont fusé, croyez-moi. Michel, tu tombes bien, c'est tes patrons, eh bien notez greffier qu'aujourd'hui c'est leur fête et que s'ils ne nous disent pas immédiatement pourquoi ils ont mis dans leur petite revue de merde une nouvelle qui est exactement le projet de notre prochain casse, je leur fais cracher leurs dents une par une.

Allez, dites-nous qui nous a donnés. Qui vous a tout donné pour nous donner ? Vous allez répondre, petits donneurs, connards, minables, je ne sais pas ce qui me retient de leur trouer le citron à ces deux fiottes.

Comme on pouvait s'y attendre, les deux « fiottes », compères et complices d'écriture, mais pas de mauvais coups, n'ont rien dit. Ils n'ont pas parlé. Mais, que vouliez-vous qu'ils disent ? Ils n'avaient absolument rien à dire. Ils n'étaient pas au courant, tout simplement. Et au courant de quoi ? Jean-Pierre et Alain, pauvres d'eux, ils tombaient des nues, ce n'étaient que de misérables intellectuels qui n'avaient aucune prise sur le cours des choses. Que d'obscurs folliculaires, que des gâte-papier sans envergure, que des plumitifs besogneux. On ne pouvait même pas les qualifier d'écrivaillons ou d'écrivailleurs, encore moins d'écrivassiers ou tout simplement d'écrivains. Non, ces deux-là n'avaient que pour unique ambition de réaliser une revue spécialisée correcte, voire intéressante, pourquoi pas passionnante sur l'univers du roman policier, de ses auteurs, de leurs vies, de leurs petites et grandes histoires. Tous les polars qui paraissaient, cela veut dire un certain nombre, passaient entre leurs mains et leurs fourches caudines. Mais de là à s'identifier avec les héros, de porter leurs emmerdes, de vivre leurs amours, de défendre leurs amis, il y a des limites… Nos deux revuistes avaient franchi la ligne jaune, bien sûr, sans le vouloir, mais ils avaient été bien maladroits, imprudents, insouciants, parfaitement crétins.

Et ce n'est pas parce que l'on est baigné, immergé, noyé dans le petit monde du polar que l'on doit s'accointer et même s'acoquiner avec la pègre, ses voyous, ses petites frappes, ses gouapes et consorts. Quand on n'appartient pas à la tribu des apaches, il vaut mieux remiser son arc et ses flèches sous peine d'essuyer quelques malentendus fâcheux. Pas d'excuses pitoyables et de justifications lamentables. Ils n'avaient qu'à s'en prendre qu'à eux-mêmes s'ils s'en sont pris plein la tronche. Mais on vous jure, M'sieur Alfredo, c'est une coïncidence, une malheureuse, fâcheuse, regrettable coïncidence. C'est ça, une coïncidence. Vous vous foutez de ma gueule. Vous la voulez, celle-là, menaçait le boss en agitant dangereusement une énorme pogne dépliée qui lui servait de main droite. En agitant la tête de droite à gauche et de gauche à droite, les deux intellos saucissonnés faisaient comprendre au chef de la bande qu'ils arriveraient très bien à s'en passer.

Pour s'en prendre plein la tronche, ils s'en sont pris plein la tronche. Ce fut un carnage. Pendant deux heures d'affilée, attachés sur une chaise, dos à dos, ils furent le jouet des sbires du boss qui s'en donnaient à cœur joie, pour une fois qu'ils avaient le droit de commettre quelques exactions sans pour autant rendre des comptes. Quel défoulement ! On aurait dit qu'ils leur en voulaient. Mais avaient-ils des raisons de leur en vouloir ? Y avait-il de la jalousie refoulée, de l'impatience, de l'incompréhension ? Oui, c'est cela, de l'incompréhension, ou bien une sorte d'antagonisme violent et rédhibitoire, radical, sans concession entre deux mondes qui ne parlent pas la même langue. Babel n'était pas loin.

Chapitre XIX

Puis, voyant qu'ils ne disaient rien, même en insistant fort, c'est même à ce moment que les deux mastars tape-dur, catégorie poids mi-lourds, commencent à avoir un léger doute : et s'ils n'avaient rien à dire, ces crétins, ces deux innocents. Le léger doute passager se transforme en lourde incertitude durable. Mais, il faut bien obéir au patron. Et cette incertitude est comme la lourde incertitude de la vie : elle vous tarabuste. Mais, le devoir, c'est le devoir. L'un des deux dit à l'autre : « On n'est pas là pour penser, on est là pour agir. » Il se dit aussi que les choses sont bien faites. Et que le hasard fait bien les choses. Parce que, s'ils étaient là pour penser, il se demande bien comment ils feraient. Il se dit par la même occasion qu'il a déjà assez pensé comme ça. L'autre ne se pose pas de questions. Et c'est aussi à ce moment-là qu'ils décident conjointement de laisser reposer la pâte pendant quelques heures. Question de souplesse. De malléabilité. Pour la reprendre ensuite, quelque temps plus tard, docile et soumise. Facile à travailler, pour ainsi dire.

Et ils ferment la porte de la chambre des tortures. Ils la laissent dans l'obscurité. Ils abandonnent les deux zigotos à leur saucissonnage. Sans vérifier la solidité des liens. Ils ne pourront pas aller bien loin, se disent les deux musculeux qui devaient être absents le jour de la distribution des cerveaux, surtout l'autre. Les deux costauds se sont affalés sur l'un de ces divans hideux dans le salon télé tape-à-l'œil qui est situé tout au fond du couloir. Peut-être à cause du bruit. Tout y est mignard dans cette pièce aux dimensions ridicules sauf le poste de télévision qui est gigantesque et qui remplit la pièce habituellement de sa médiocrité télévisuelle.

Le plus grand des deux, fidèle entre les fidèles du boss, homme lige de la première heure et des premières exactions du boss, c'est normal, il est sicilien aussi et faisait partie des bagages à l'arrivée en France, s'appelle Alberto, dit Berto, le grand Bert, dit la brute. Il regarde, ça tombe bien, sa série préférée qui est truffée de serials killers obsédés sexuels poursuivis sans relâche par une brigade spécialisée dans ces crimes odieux basée à Los Angeles. La série s'intitule : Sexual serials killers tell ... Elle connaît un grand succès aux États-Unis auprès des criminels de tous poils et des enfants entre 12 et 14 ans. Sur la table basse en fer forgé recouverte d'une glace en verre dépoli où ils allongent leurs pieds, Berto s'est aligné devant lui quelques canettes de bière 1664 de la marque Kronenbourg. C'est sa préférée. Il aime bien s'en jeter quelques-unes dans le gosier en regardant la télévision. De toute façon, il ne supporte pas très bien l'alcool. Enfin, moins bien qu'avant. Une seule bière suffit à le saouler, mais il ne sait jamais si c'est la quatorzième ou la quinzième. Écluser quelques mousses en regardant la télévision, à part cogner, il n'y a rien de meilleur. C'est le paradis.

Son compère, le plus gros des deux, mais plus petit, se nomme Jean. Il n'aime pas beaucoup les diminutifs alors, les autres de la bande, à qui Jean l'a bien fait comprendre, ne lui en ont pas donné. Ça valait mieux sinon Jean pique des colères noires. Le premier qui m'appelle Jeannot, il se prend une rouste. C'est un nerveux. Un sanguin. Un primaire à fleur de peau. Mais il est aussi plus sensible. L'un va avec l'autre. En fait, il aurait préféré voir *Les feux de l'amour*. Ça, au moins, c'est un feuilleton qui a du sens. Et d'ailleurs, il est regardé dans le monde entier par des millions de personnes. Il le sait ça, Jean. Il l'a lu dans les petites informations brèves qui sont au début de Télé 7 jours feuilleté au domicile maternel qu'il habite encore malgré ses 28 ans passés. Si c'est écrit dans le magazine… Alors, dites que c'est pas vrai, peut-être.

Jean, il est boulimique. Il mange tout le temps de façon compulsive. Tout ce qu'il trouve. Mais comme il n'y avait pas grand-chose dans le frigo du boss, en tout cas, rien de bien nourrissant, il a appelé Pizza Hut pour qu'on lui livre deux « quatre-saisons » avec beaucoup de poivrons. Son compère avait décliné l'offre. Sinon, il en aurait pris plus.

Pendant ce temps et pendant que les mastodontes affalés dissertent âprement sur les mérites respectifs de leur série préférée, dans la chambre qui a été soumise à la question, l'agitation est à son comble. Berto s'est resservi une bière et Jean entame la deuxième pizza.

Chapitre XX

Les liens qui unissent Jean-Pierre et Alain sont forts, solides, mais ils vont tout de même réussir à se détacher. Comme les deux brutes épaisses les ont installés dos à dos, le travail de séparation est facilité. Derrière les sièges, les mains fourgonnent et s'activent. Elles tirent et poussent en même temps. Vingt doigts s'entremêlent et les cordes, fabriquées sans aucun doute en chanvre indien, s'assouplissent au point de laisser du jeu dans les chairs. En tirant fort dessus, au risque de se meurtrir les poignets, les liens se distendent et se relâchent. Malgré le sort assez peu enviable qu'ils viennent de subir, leur état de faiblesse, le sang mêlé à la morve qui s'écoule de leur nez, les jointures endolories, le corps transformé en une gigantesque et monstrueuse ecchymose, Alain et Jean-Pierre trouvent en eux suffisamment de force et d'énergie pour se détacher des contingences et se libérer enfin. Être un homme libéré, c'est pas si facile. Mais la séparation de corps est enfin effectuée.

Maintenant, il s'agit de sortir de cette turne et de s'extirper des griffes de cette bande de malades, ces frappadingues allumés qui n'ont qu'une seule idée en tête : gagner de plus en plus d'argent par tous les moyens, surtout les moins recommandables, les plus méprisables, les plus abjects et les plus vils.

Mais comment sortir d'ici ? Il n'y a aucune ouverture dans cette pièce sauf la porte de la chambre qui n'est pas envisageable, ce serait tomber dans la gueule du loup et celle qui est située juste après la grosse armoire basque et qui donne sur le petit cabinet de toilette. Voilà la solution, pensent en même temps les deux malheureux héros de cette lamentable histoire qui ont l'habitude de passer en revue toutes les solutions possibles. Le petit vasistas au-dessus du lavabo qui est à peu près à 2,20 m du sol. C'est la seule issue possible. Jean-Pierre qui est de stature plutôt imposante se voit mal passer par cette ouverture minuscule. Un peu comme si un chameau devait traverser le chas d'une aiguille. Sauf que pour le chameau, il ne faut même pas y penser. En revanche, Jean-Pierre n'avait pas d'autre alternative que d'envisager cette solution très fort.

C'est fou comme la pensée vous aide à rendre acceptable ce qui est a priori inacceptable, à supporter l'insupportable, à surmonter l'insurmontable et à commencer à mesurer l'incommensurable. Il fallait absolument sortir par-là, par ce trou de souris, par cet espace exigu providentiel. Et ils sont sortis par là. Ne leur demandez pas comment. Ils n'en savent rien. La seule chose qu'ils savent, c'est qu'ils sont sortis, qu'ils se sont extirpés de ce mauvais pas et que c'est le petit, le chétif, le malingre Alain Mendel, l'intellectuel maladroit, incapable de planter un clou sans se donner un coup de marteau sur les doigts, de faire bouillir son lait sans que ça déborde, d'enfiler chaque matin deux chaussettes identiques qui a aidé ce grand couillon de Jean-Pierre Quentin, cerveau gauche équilibré soi-disant, mais mal à l'aise dans sa grande carcasse de géant, un peu comme l'albatros de Baudelaire, empêché de voler de ses propres ailes à cause de ses grands abattis.

Et ils se retrouvent dans la petite impasse derrière la rue Bobillot, artère principale du quartier de la Butte-aux-Cailles. Et sur qui tombent-ils ? Sur Michel, le factotum, qui, évidemment, se trouvait là… par hasard. Le providentiel étudiant, souffre-douleur de leurs élucubrations intellectuelles du temps de leur splendeur éditoriale, puis témoin de leur passage à tabac, de leur équipée pitoyable et de leur sauvetage miraculeux, sera-t-il à la hauteur de la situation encore délicate et saura-t-il se montrer leur sauveur ? Nos deux blaireaux se rendent bien compte qu'ils sont soudainement prisonniers de leur nouvelle liberté, fraîchement acquise. Que vont-ils en faire ? Ils se mettent à réfléchir intensément, mais rapidement. Il s'agit de ne pas retomber dans les pattes de cette bande redoutable, dans les mains de ces dangereux individus, dans les griffes de ces félins diaboliques. Maintenant qu'ils sont débarrassés de ce gang et de ses malfrats. Mais pour combien de temps ? Au grand étonnement de nos deux littérateurs, Michel vient d'avoir une idée.

Chapitre XXI

À peine sortis de l'enfer par l'ouverture minuscule qui existait, qu'ils s'étaient ménagée, on dirait deux clodos sur le pavé parisien ; ils font peine à voir. Leurs vêtements sont déchirés, lacérés, les manches sont décousues ou arrachées, les cols pendent lamentablement, leurs tissus sont vraiment disloqués. Sans se concerter, mais conscients que le danger n'est pas loin, même encore menaçant (comme la fameuse épée de Damoclès qui a la fâcheuse habitude de se balader au-dessus de la tête des gens), nos deux apeurés, on le serait à moins, se mettent à courir comme des dératés. Ils le sont peut-être d'ailleurs, vu les coups de pied qu'ils se sont pris dans l'abdomen. Ah, les salauds, ils n'y sont pas allés de pied mort. En fait, ils suivent le jeune homme qui a l'air de connaître le quartier.

Dans leur état de faiblesse et de dénuement, ils trouvent encore quelques forces (ou est-ce l'énergie du désespoir ? ou bien la dernière ressource avant l'épuisement total), pour se diriger à toute allure vers la place d'Italie, puis vers la place Pinel (Ô Pinel, Philippe, né à Saint-André [Tarn] [1745-1826], premier médecin français à avoir été introduit comme tel dans l'asile, il contribua à établir le cadre nosologique des maladies mentales et s'engagea sur la voie du traitement moral de la folie, tu es notre sauveur) où, en soufflant, les mains posées sur les genoux et le dos courbé, ils reprennent leur respiration.

Se sentant désormais hors d'atteinte, ils s'assoient sur la banquette de moleskine verte (toutes les banquettes de moleskine, contrairement à un fait établi depuis que la moleskine existe, ne sont pas obligatoirement rouges) au fond du café Le Canon de Marengo et tentent de calmer leur raison agitée et embrumée pour prendre une décision. Après les avoir conduits jusqu'à ce refuge précaire, Michel s'en est retourné à ses chères études de littérature. Il se pourrait bien que ce genre d'aventures suscite chez cet esprit curieux une vocation d'écrivain de romans policiers. À suivre…

— Ça ne peut plus durer. Il faut qu'on s'en sorte ? On s'en est déjà sortis et on s'en sort pas trop mal.

— Non, c'est pas ce que je voulais dire… mais, t'avais compris, alors arrête de pinailler.

— J'aimerais bien comprendre ce qu'on a fait de mal ?

— On a dû écrire un truc qui leur a fortement déplu… tu ne crois pas ou alors ils pensent qu'on a piqué dans la caisse. On a peut-être affaire à des voleurs scrupuleux ou avec un fond d'honnêteté…

— Je t'avais bien dit qu'on avait tort de s'acoquiner à cette engeance. Ils sont réellement dangereux.

— Tu ne m'as jamais mis en garde. À aucun moment. On ne s'est rendu compte de rien, tu veux dire…

— Moi, je pressentais que ça allait mal se passer. Je ne sais pas, j'avais comme un pressentiment.

— Évidemment, pour pressentir, vaut mieux avoir des pressentiments…

— Bon, maintenant qu'on a dit ça, qu'on a fait quelques constats affligeants, que fait-on ?

— Peut-être qu'on pourrait partir à l'étranger pendant quelque temps, question de voir venir, ça pourrait bien se tasser notre affaire… à la longue…

— Non, j'ai une meilleure idée, mon beau-père possède une maison près de l'ancienne abbaye de Cluny. Qui pourrait se douter qu'on fait une retraite dans le coin ?

Pendant qu'ils sont en grande discussion au fond du café sur la stratégie qu'il leur convient d'adopter et qu'une frêle serveuse essuie les verres aussi au fond du café en fredonnant des rengaines d'Edith Piaf, les deux revuistes en cavale ne se sont pas aperçu du désordre qui règne devant la terrasse : deux individus à la mine inquiétante et menaçante s'agitent en tous sens. Ils semblent à la recherche de quelque chose ou de quelqu'un. Ils écarquillent des mirettes aussi grosses que des boules de pétanque. Mais pourquoi chercheraient-ils là plutôt qu'ailleurs ? Pourquoi choisir cette rue ? Parce qu'elle a l'air sombre et sinistre et que deux crétins en cavale en fuite pourraient bien s'y cacher… Pourquoi tel café plutôt qu'un autre ? Parce qu'il est plus accueillant à des fuyards, plus labyrinthique pour se camoufler, se calfeutrer, se cacher du monde hostile… Et celui-là là-bas, et cet autre-là… C'en était fini. Les deux costauds l'ont compris rapidement et désespérément même s'ils ne sont pas très prompts à la comprenette : c'est trop tard. Ils ont réagi avec un temps de retard. Comme aux échecs. Il suffit parfois d'un coup, même au début de la partie et ça devient impossible de remonter le cours des choses. La partie est perdue. Irrémédiablement. Les deux malabars savent qu'ils ne retrouveront plus les fuyards ; en tout cas, plus ici et plus maintenant.

Chapitre XXII

Alors, frustrés d'une proie qui pourrait leur échapper, qui leur a déjà échappé, Alberto et Jean s'éloignent, affolés et agités comme des perdreaux traqués et continuent, sans trop y croire, leur quête qui, ils s'en rendent bien compte, n'est désormais plus qu'une inaccessible étoile. C'est certain qu'il est plus facile de chercher sa clé perdue sous le réverbère, enfin là où il y a de la lumière. Dire qu'elle était là, à leur portée, cette inaccessible étoile, qu'elle pouvait les éclairer, ces deux écervelés, d'une lumineuse clarté. Quand on a de la merde dans les yeux, comment voulez-vous voir des étoiles ? Un désastre. Le boss, c'est sûr, allait leur passer le savon du siècle. Et ce ne serait que justice.

Et pendant que nos deux costauds élucubrent, vaticinent et ratiocinent plus que de coutume, et même se lamentent comme des lavettes, se demandant s'ils rentrent tout de suite au bercail, penauds et bredouilles, annoncer leur déconfiture et pour tout dire leur impéritie, au risque de représailles, Jean-Pierre et Alain ont pris la tangente. En cette fin d'après-midi d'été indien, la touffeur de la ville, exceptionnelle en cette saison, est devenue irrespirable. Le niveau de pollution dans la capitale est à son paroxysme. Le temps semble s'être détraqué. Les gens sont fous : ils ont des envies de baignades, de piscines et de bords de mer.

Fin octobre, juste avant les vacances de Toussaint, les usagers ont tendance à utiliser plus leur voiture personnelle que les transports en commun. Allez donc savoir pourquoi. Peut-être tous ces utilisateurs de voitures individuelles font-ils des courses pour acheter tout ce qui est totalement inutile pendant les vacances, genre bouée, pelle, seau, maillot de bain et tutti quanti. Ce qui faisait usage l'année dernière peut bien resservir cette année, ça éviterait tout de même la pollution des villes avant la pollution des plages ?

Suant et transpirant, dans un état de déliquescence avancée, vêtus de hardes ressemblant à des haillons, nos deux spécialistes du roman policier en tous genres et du film noir des années 50 sont dans de sales draps et se retrouvent mêlés, bien malgré eux, – enfin c'est à voir, on dirait qu'ils l'ont bien cherché –, à une sale histoire du genre de ces histoires louches et interlopes qui sont le cœur même des romans policiers. Sauf que là, ce n'est pas de la littérature, c'est pour de vrai, pour de bon comme disent les enfants. Pas pour de faux. Ils ont hâte de rentrer chez eux. Chacun chez soi. Pour se changer. Surtout prendre une bonne douche réparatrice ou un bain chaud pour se défaire de cette odeur imprégnée de sueur, de sang, de morve. Et d'humeurs puantes caractéristiques que l'on sécrète quand on a peur. Sans parler que pendant tant d'heures de bastonnade, ils ont dû faire sous eux. Si encore on était en hiver, ça sentirait moins. Mais là, la température ambiante qui doit osciller autour de 25 degrés centigrades exacerbe cette impression de puanteur. Ça schlingue à vous laisser libre un wagon entier du métro.

Mais retourner chez soi, ce n'est tout simplement pas possible. Les domiciles sont certainement sous surveillance ou, en tout cas, sous la vigilante attention de la bande. D'ailleurs, Jean-Pierre qui est séparé de son épouse depuis plusieurs années (à quoi fonctionne-t-il au fait, se demande Alain, mais est-ce que c'est vraiment le moment de se poser des questions sur l'homosexualité latente ou larvée de son compagnon d'infortune ?), donc qui n'a pas de famille sur laquelle on peut faire pression, lui n'a rien à redouter de ce côté-là.

Il n'en était pas de même pour Mendel qui avait un foyer, même si ce n'était pas lui exactement qui faisait bouillir la marmite, il se sentait investi d'une responsabilité envers son chef d'entreprise de femme et ses deux poupées de gamines. Si quelqu'un osait toucher à un seul cheveu des siens, il ne savait pas ce qu'il ferait ni de quoi il était capable. De rien peut-être. Pourtant, Alain n'était pas un incapable, loin de là, mais son rapport à la violence depuis qu'il s'était fait casser les lunettes à peu près une fois par mois pendant toute la période de ses années scolaires était un peu édulcoré. Lointain. En fait, c'est bien simple. Du plus loin qu'il s'en souvienne, il ne s'était jamais battu.

Alain Mendel savait endosser, parfois même avec une certaine élégance, le costume de la victime parfaite. Chacun son destin. Il y a les vainqueurs et les vaincus, les exploiteurs et les exploités, les employeurs et les employés, les riches et les pauvres, les bourreaux et les victimes. Comment Alain Mendel aurait-il pu être un bourreau, lui qui n'aurait jamais fait de mal à une mouche ni énucléé un chat et encore moins piqué le sac à main à une vieille dame ? Sans être un bourreau, il n'était pas non plus obligé de se mettre dans la peau d'une victime, dans la posture du coupable idéal.

Chapitre XXIII

Donc, impossible de retourner chez soi. Alain était en totale déconfiture, à la dérive et le centre de sa réflexion, qui de temps en temps, fonctionnait normalement, s'était bloqué. Immobilisé comme le lapin devant le serpent. Néanmoins, il eut une idée. Il décida de se rendre chez sa femme. Lumineux ! Que n'y avait-il pas pensé plus tôt ? C'est dans ces moments critiques que certaines personnalités tourmentées accentuent leur trouble naturel et sont tellement désorientées que leur initiative se paralyse totalement pendant que d'autres, certains esprits scientifiques, rationnels, sensés et logiques, de ceux qui ont les pieds sur terre et une perception exacerbée des réalités, donnent toute la mesure de leur talent. Et c'est là où Stéphanie fut géniale. Il faut bien l'avouer. Dans toutes ces histoires, cherchez la femme.

Alain a retrouvé la sienne rue du Faubourg Saint-Antoine, dans son grand loft qui lui servait de local pour son entreprise. L'endroit n'était pas encore « grillé ». Il arriva juste avant la fermeture. L'hôtesse d'accueil faillit lui interdire l'entrée :

— Les mendiants ne sont pas autorisés à faire la quête dans les lieux privés. Voulez-vous bien sortir s'il vous plaît, dit-elle, faisant preuve de fermeté sans toutefois joindre le geste à la parole, car elle avait été recrutée plus pour son sourire, sa prestance et son allure générale que pour sa connaissance du close-combat.

Alain Mendel dut expliquer à la jeune intérimaire véhémente, qui avait reçu des ordres de fermeté concernant les intrusions intempestives, sa qualité de prince consort et demander qu'on appelât sa femme. Madame Mendel était occupée avec un client au téléphone et cherchait dans son smartphone une date de rendez-vous qui pouvait convenir aux deux parties. On réussit tout de même à la prévenir de la tentative d'un vagabond de forcer le passage et de s'imposer. Comme Pénélope attendant le retour d'Ulysse, elle se douta que c'était son époux qui était en mauvaise posture et, au lieu d'abandonner sa tapisserie, elle s'excusa un moment auprès de son interlocuteur téléphonique pour vérifier que l'individu en guenilles correspondait bien à ce qu'était, il y a encore quelques jours, son mari. Et elle donna accès à l'intrus qui en profita pour faire une intrusion autorisée.

L'entreprise avait élu domicile dans un ancien atelier d'ébéniste au fond d'une cour pavée à l'ancienne. Il était attenant à une drôle de petite maison biscornue qui avait été, à la belle Époque, un lupanar. On imaginait assez facilement ce renfoncement accueillir en des temps libertins quelques cabriolets, tilburys ou pataches d'où descendaient en froufroutant quelques coquettes enrubannées en goguette ou quelques beaux messieurs en frac et haut-de-forme, ou bien les uns au bras des autres.

Tous ces locaux délabrés, désaffectés, à l'hygiène plus que douteuse, et pour tout dire insalubres, malsains et incommodes qui, au début du siècle, étaient occupés par des artisans du meuble ou parfois des peaussiers, des tanneurs et des façonniers avaient été progressivement vidés de leur substance et accueillaient désormais tout le gratin des pubeux, des start-up ou des SSII. La boîte de Stephanie appartenait à la dernière catégorie.

Depuis sa complète rénovation inscrite dans un plan de restructuration urbaine des années 80, et à cause de la proximité du Marais, de la Place des Vosges et de l'Opéra Bastille – cette espèce de centrale nucléaire hideuse et grisâtre – tout le quartier était devenu à la mode. Chaque mètre carré était recherché et, selon la loi capitaliste et libérale, chère au fameux duo Ricardo et Smith, de l'offre et de la demande, était bien sûr hors de prix. Ces anciens taudis, ces galetas immondes et ces bouges infects étaient désormais métamorphosés par transmutation en lofts à poutres apparentes et étaient même, grâce à des verrières hors de prix, parfois arrosés par le soleil timide qui arrivait à pénétrer dans ces ruelles et impasses.

Bien sûr, le local-loft-bureaux-open space de la chef d'entreprise dynamique disposait de tout le confort requis et nécessaire et même plus que suffisant. Il y avait évidemment des douches et même, dans une penderie camouflée, quelques garde-robes des deux sexes et de tailles différentes. Ça pouvait toujours servir. On ne sait jamais. La preuve. Enfin, on se doutait bien que ce genre de situation n'arrivait pas tous les jours.

Chapitre XXIV

Une fois qu'on lui accorda un permis de séjour en bonne et due forme et qu'il redevint persona grata, Alain put prendre enfin une douche réparatrice. Il dut rester au moins un quart d'heure sous le jet tonifiant et brûlant. L'eau descendait par paquets sur sa nuque endolorie et ses muscles à fleur de peau. Il se sentait comme un écorché vif en reconstruction d'épiderme sous le liquide régénérant, calmant et douloureux à la fois. Ça faisait bien longtemps qu'il n'avait pas ressenti pareille impression. Pourtant, cette douche fut à l'entendre « le plus beau jour de sa vie ». Puis, il choisit dans la penderie un costume de lin beige tilleul à peu près à sa taille qu'il mit sur un tee-shirt de conception immaculée.

Après avoir repris son souffle, ses esprits et un peu d'argent dans le sac de sa femme, il se présenta à elle dans ses nouveaux habits en espérant secrètement quelques compliments sur sa nouvelle mise et sa nouvelle mine. Il attendait même une bise. Au lieu de cela :

— C'est toi qui as pris une douche ? demanda sa femme avec un ton de reproche.

— Pourquoi il en manque une ? répondit Alain, ne ratant jamais une occasion même dans les plus mauvaises (occasions) de montrer qu'il lui restait une oncc d'humour et aussi pour essayer de désamorcer la tension de la situation.

Elle avait dû se faire du souci et même un sang d'encre la pauvre chérie devant la disparition plusieurs jours de son mari. Elle avait même été obligée de descendre le chien plusieurs soirs de suite. Une vraie vie de… chef d'entreprise. C'est d'ailleurs drôle que les gens qui se font un sang d'encre vous reprochent toujours de ne pas avoir téléphoné et pas de ne pas avoir écrit. C'est drôle, non ? En tout cas, elle cachait remarquablement bien ses angoisses.

— Tu aurais pu nettoyer le bac à douche. C'était d'une saleté crasse. Elle était maniaque et pointilleuse. Il était désinvolte et rêveur. C'était parfois ce qu'elle aimait chez lui, sauf après la douche.

Alors, comme le personnel était maintenant parti et que les locaux étaient désormais vidés de leur substance humaine, mais aussi exempts de tous bruits de voix et de bruissements de machines, et autant pour amadouer sa femme que pour la rassurer sur son existence et sur ses capacités intactes, il l'embrassa fougueusement sur ses lèvres peintes en fuchsia et, comme dans l'enchaînement d'une avalanche où les effets font boule de neige, c'est normal, il l'a pris sauvagement sur la photocopieuse au détour d'un couloir.

Leur accouplement ne dura pas très longtemps. Pour plusieurs raisons. L'endroit était plutôt malcommode et, une fois effeuillés et débarrassés de leurs vêtements et sous-vêtements, le bac-chargeur A4 rentrait cruellement dans le dos de la femme d'affaires, assez peu habituée à ce genre d'exercices malgré une fréquentation assidue des différents modèles imaginés par Rank Xerox, Canon, Minolta et autres Hewlett Packard. Leur premier orgasme conjoint déclencha, on ne sait pourquoi, une rafale de 12 documents A3 complètement vierges et absolument non désirés. Dans leurs ébats désordonnés, l'un des deux avait dû appuyer *machinalement* sur un bouton et programmer un ordre au photocopieur. Leur second orgasme, pas très éloigné du premier, ce qui prouvait l'état de manque des deux partenaires, sonna le glas de leur rapport bestial. En effet, cette fois, ce fut 27 feuilles A4 qui s'échappèrent, en voletant alentour, du monstre mécanique dans un feulement terrifiant. Il était temps de mettre un terme à cette orgie de papier avant que l'engin ne rende grâce. On pourra même plus tard parler de rapport avorté.

— Il faut qu'on se mette à l'abri. On s'est mis dans un sacré pétrin.

— Oui, je m'en suis aperçue. Enfin, je m'en suis doutée. Parce que je n'avais aucune nouvelle de toi. De vous deux. Quel est le problème ?

— Bah, le problème, c'est qu'on ne sait pas quel est le problème... ce qui nous aide pas beaucoup à le résoudre. En tous cas, notre investisseur ou notre financier pour la revue n'a pas du tout apprécié le contenu de notre dernière revue. Et nous l'a fait comprendre...

— Je vois, avec quelques arguments... *frappants*... mais, qu'est-ce qu'il vous reproche exactement ?

— On ne sait pas justement. On doit être coupable de quelque chose, mais, à la rigueur, on aimerait bien savoir de quoi.

— De toute façon, on est toujours coupable de quelque chose, tous les innocents savent ça. Ils peuvent même en témoigner. Il n'y a d'ailleurs pas d'innocents. Je crois que c'était la thèse de certains anarchistes de la fin du XIXe siècle ou des nihilistes. En cherchant bien, on arrive toujours à trouver une culpabilité ou une raison d'être coupable. Je suis certain qu'il y en a même qui culpabilise de ne pas se sentir coupable. Bon, qu'est-ce qu'on peut faire en attendant ?

— On va essayer de se mettre au vert pendant quelque temps. L'oncle de Jean-Pierre possède une maison près de l'abbaye de Cluny.

On a décidé d'y aller en attendant que ça se tasse. Ça devrait bien se calmer dans deux ou trois mois.

Pendant cet échange de mots, de phrases et d'idées sur la culpabilité, l'innocence et leur rapport intime entre elles, Alain se rendit compte qu'il avait une nouvelle érection. Il aurait bien voulu avoir un échange d'humeurs avec sa légitime, cette fois-ci sur le télécopieur, mais sa rotondité était encore plus malcommode. Il avait bien pensé changer de position, mais Stéphanie devait aller chercher les petites chez la nourrice et ce n'était pas le moment de réviser son kamasoutra. Il y a un moment pour tout, se dit-il, tout à sa résignation, mais frustré tout de même, sa libido en bandoulière.

Chapitre XXV

Faire et défaire, c'est toujours du travail ! C'était le genre d'expressions qu'Alain avait entendu pendant toute son enfance. Quand on est fils de façonnier et de piqueuse (toutes les piqueuses ne sont pas obligatoirement des infirmières) et qu'on traîne dans l'atelier de couture soumis à la fluctuation des saisons son ennui existentiel de petit garçon né juste après la Seconde Guerre mondiale, on sait que, non seulement cent fois sur le métier, il faut remettre son ouvrage, mais aussi que le travail n'est jamais achevé, qu'il faut toujours recommencer et que « il n'est pas besoin d'espérer pour entreprendre ni de réussir pour persévérer ». Papa pique et Maman coud ! L'atelier, ce n'était pas de la haute couture, ce n'était pas de la basse couture non plus. C'était surtout les petites Singer noires dont les aiguilles s'affolaient sur l'étoffe et aussi les verbes, conjugués pour tous les temps, coudre, découdre et recoudre les coutures des manteaux pour dames qui devaient *tomber* impeccablement, les manteaux pas les dames.

Faire et refaire… Jean-Pierre et Alain se rendaient bien compte qu'il allait falloir tout recommencer. Repartir de zéro, mais c'était toujours du travail. Et tout ça, plutôt que rien, que l'ennui, que le néant des jours. Ils en étaient à ces réflexions dans la voiture qui les menaient à Cluny. Ils roulaient en silence, mais leurs pensées étaient à l'unisson depuis que Jean-Pierre était venu chercher son ami au loft. Comment ils s'étaient joints, prévenus, retrouvés ? Le mystère reste entier, intact, épais. Mais, tout le monde s'en fout. L'important était bien qu'ils avaient réussi à se réunir et qu'ils roulaient de conserve vers leur retraite de Cluny pour se ressourcer, pour se reconstruire, pour se refaire la cerise. En attendant d'atteindre le but convoité, la route est un long ruban qui défile, qui défile…

Bien sûr, Jean-Pierre aurait pu rentrer chez lui. Son domicile n'était pas surveillé. Il s'en doutait. Mais, il avait trouvé une autre combine. Il avait débarqué à l'improviste dans l'atelier d'un vieux pote artiste rue Campagne Première, près du cimetière du Montparnasse. Parce qu'il savait qu'il pouvait se le permettre. Parce qu'ils avaient entretenu des relations il y a longtemps, mais que leurs relations du moment, mêmes sporadiques, même espacées et pratiquement désormais inexistantes, n'étaient entachées d'aucune rancune, d'aucune rancœur, mais pas non plus de sentiments ni de ressentiments. « Salut, Georges, je te dérange pas ? », demanda Jean-Pierre affirmativement mais d'un ton interrogatif. « Jean-Pierre, tu ne me déranges jamais, fais comme chez moi ! » répondit le peintre en retournant à son travail qui était une toile abstraite de taille gigantesque aux couleurs indéfinissables.

Tout dans cet environnement spacieux était gigantesque. Les tableaux achevés ou qui semblaient l'être. Les statues monumentales en plâtre ou en marbre qui ressemblaient à s'y méprendre aux David de Michel-Ange que l'on trouvait à Florence dans la Galeria de l'Accademia près de l'entrée des Offices. Les plantes vertes qui grimpaient aux murs et qui s'enroulaient, presque étouffantes, sur tout ce qui pouvait servir de supports sauvages ou de tuteurs de fortune : bras, jambes et autres membres en tous genres. De larges et hautes baies vitrées donnaient si bien sûr une petite cour pavée intérieure qu'elles recevaient en échange une lumière diaphane et irisée, presque irréelle qui nimbait l'ensemble d'un halo luminescent. Et on était en plein jour ! … Et il faisait toujours aussi chaud…

Puisque l'invitation n'était pas de circonstances et pas diplomatique non plus, mais sincère et plutôt courtoise, Jean-Pierre pénétra dans l'antre du peintre-sculpteur qui se transformait parfois, au gré de l'inspiration, en sculpteur-peintre. Jean-Pierre se dirigea d'un pas ferme vers la salle d'eau-cabinet de toilette, montrant par là qu'il connaissait les lieux et qu'il avait bien besoin d'un bon rafraîchissement. Sans laisser son ami Georges dans la panade, il prit un bain. Il jeta ses habits endommagés, lacérés, et pour tout dire hors d'usage, dans la corbeille de linge déchiré et emprunta à son ami Georges, qui avait à peu près la même corpulence de géant, quelques effets.

Récuré, astiqué, décrassé, vêtu ainsi d'occasion, Jean-Pierre, qui n'avait pas mangé depuis deux jours, se dit qu'il assouvirait volontiers un autre besoin vital selon la fameuse pyramide de Maslow, il se sustenterait avec plaisir. D'autant qu'outre ses activités artistiques, l'ami Georges n'était pas insensible à la restauration. C'est drôle de s'intéresser à la restauration, pensa soudain et assez finement Jean-Pierre, quand on peint des tableaux. Il devait bien rester dans le frigo, une excellente terrine et un fromage premier choix. « Et je serai le plus heureux des hommes, je revivrai tout simplement… » Au frigo dit, au frigo fait. Mais il n'était pas question de s'installer, de s'éterniser et de s'encroûter dans le pâté de campagne.

Quentin se mit rapidement en quête de son compagnon d'infortune. Il appela d'abord à son domicile. Le répondeur se déclencha et fit entendre le début du concerto pour harpe de François-Adrien de Boieldieu (1775-1834) interprété par Lily Laskine (1893-1988) puis une voix féminine égrena « Bonjour, vous êtes bien chez Stéphanie et Alain Mendel, nous ne sommes pas… » Quentin raccrocha. Il n'avait pas besoin d'en savoir plus. Il avait compris. Il n'était pas question qu'il laisse le moindre message. C'est à ce moment précis que Jean-Pierre eut une idée lumineuse. Alain s'était réfugié dans l'entreprise de sa femme. C'était évident. Jean-Pierre se frappa la poitrine : « Comment n'y ai-je pas pensé plus tôt ? » se dit-il en se massant la poitrine. Quand enfin, on lui passa Alain, il entendit en bruit de fond comme le son d'une photocopieuse en action. « À cette heure-ci, c'est bizarre », se dit-il, en se massant encore la poitrine. Ils se fixèrent un rendez-vous.

Chapitre XXVI

Après une brève conversation téléphonique, il fut décidé que Jean-Pierre prendrait Alain, en voiture, dans une heure devant l'entreprise de son épouse. Jean-Pierre avait envie de discuter un peu et de savoir, avec force détails, comment son ami avait réussi à rejoindre l'endroit sans encombre tandis qu'Alain abrégea la conversation. Il paraissait pressé ou occupé, ou préoccupé. « Peut-être était-il encore sous le choc de l'émotion, sous le coup des coups ou bien encore traumatisé par les sévices subis ces derniers jours » pensa Jean-Pierre dont la constitution était bien plus solide que celle de son ami chétif. Néanmoins, il sentait toujours sa poitrine douloureuse.

Après avoir pris congé de son ami Georges, à peu de choses près, dans les mêmes termes que son entrée en matière, c'est-à-dire dans une sorte de courtoise indifférence, Jean-Pierre s'en alla vers les nouvelles aventures qui les attendaient, lui et son compagnon. Au volant de sa vieille et inséparable Volvo (date de première mise en circulation : le 17 juillet 1968, une bonne année, celle de la sortie des *Enfants du massacre* de Giorgio Scerbanenco) qui répondait toujours présente dans les moments critiques, Jean-Pierre roula prudemment vers le lieu du rendez-vous. Ce n'était pas très compliqué. Il suffisait de passer le pont d'Austerlitz après avoir emprunté une enfilade de boulevards : du Montparnasse, du Port-Royal, Saint-Marcel, de l'Hôpital, puis de la Bastille pour rejoindre la rue du Faubourg Saint-Antoine. La petite impasse où était située la société de la femme d'Alain n'était plus très loin.

En vérifiant les abords avec la plus extrême attention, sachant que leur couple littéraire en était réduit aux aguets, l'ouïe et la vue en alerte maximum, Quentin gara avec précaution la voiture le long du trottoir, juste après l'endroit où celui-ci creuse un bateau pour donner accès à l'impasse dont l'énorme plot en béton empêchait désormais l'intrusion d'un quelconque véhicule. Mendel, le mari de la chef d'entreprise qui savait si bien surfer sur le vague, attendait, sur le seuil, la venue de son messie.

Quentin remarqua tout de suite ses nouveaux habits, mais aussi sa coiffure qui avait quelque chose de changé, quelque chose d'indéfinissable parce que, manifestement, il ne s'était pas coupé les cheveux. Non, le Mendel, toujours si maniaque, voire parfois, tiré à quatre épingles, était tout simplement décoiffé, non plutôt ébouriffé. Il avait aussi les pommettes rouges et paraissait bizarrement euphorique. JeanPierre, en fin psychologue, savait que c'était les signes manifestes d'une trop grande charge d'émotion. Malgré l'estime qu'il portait à son confrère, embarqué dans la même galère, il ne put s'empêcher de penser, avec néanmoins une certaine compassion et certainement une pointe de dédain · « Quelle mauviette, quelle femmelette, cet Alain ! Quelle constitution fragile ! »

Et les voilà partis, ces voyageurs sans bagages, mais pleins de projets fous et d'idées complètement irréalisables. Fontainebleau dépassé, sur l'autoroute A7 qui descend vers le sud et peut conduire aussi en Bourgogne et pourquoi pas à Cluny, le silence lourd et épais qui régnait dans la Volvo 1968, ce silence peuplé de souvenirs douloureux, de plaies et de bosses, de mauvais quarts d'heure qui durèrent plusieurs heures, d'expériences malheureuses et de malentendus stupides, ce silence se déchira soudain, pratiquement simultanément pour laisser la place à un foisonnement incontrôlé de nouvelles intentions nobles, mais foldingues.

Ces deux-là devaient marcher à l'utopie qui, comme chacun sait, n'est que l'impossible d'aujourd'hui, mais la réalité de demain, selon la belle formule du grand Victor barbu. Oui, voilà, l'utopie, c'était leur carburant à ses deux insensés qui, justement, n'ont jamais eu la perception des réalités concrètes et tangibles. Ils vivaient dans leurs rêves d'enfants, tels des Peter Pan dont le syndrome est bien connu des psychanalystes quand leurs patients ont peur de grandir et de devenir un jour adultes.

Ils étaient bien au chaud dans leur univers douillet peuplé non pas d'elfes, de lutins ou de trolls, mais de gens gentils et bons et charmants et complaisants qui n'étaient là que pour vous financer vos desseins déraisonnables et vos désirs absurdes. Ils croyaient, pauvres naïfs, qu'il suffisait de vouloir pour pouvoir. En tout cas, c'est ce qu'on leur avait répété tant de fois dans l'enfance puis dans l'adolescence. Ils croyaient, bandes de truffes, qu'on pouvait maîtriser son destin. Incroyable.

Leurs projets, c'était par exemple la commercialisation mondiale d'une machine à casser les allumettes, une invention indispensable aux nerveux et aux angoissés qui auraient des problèmes de rhumatismes articulaires déformant les doigts ou une polyarthrite évolutive, ce qui fait un marché restreint, mais une niche particulièrement ciblée. Une autre idée : un site sur le web pour les collectionneurs de mouchoirs en papier usagés, mais de première main, ou peut-être la création du club des Adorateurs de l'Auriculaire, de droite ou de gauche, qui risquait d'être mis assez rapidement à l'index par les sectaires de tous poils. À la tête de ce cercle assez confidentiel, ils pourraient s'introniser en tant que gourous bicéphales.

Et puis, soudain, alors qu'ils allaient arriver à Auxerre dans les minutes suivantes, au moment où, mi-sérieux, mi-rigolards, ils énuméraient, chacun à leur tour, comme ces jeux auxquels on joue dans les voitures pour occuper les enfants pendant les longs trajets, les projets les plus insensés, mais « ce n'est pas parce que c'est difficile qu'ils n'oseraient pas, c'est parce qu'ils n'oseraient que cela leur semblerait difficile », à ce moment précis où ils avaient en vue la pancarte de la sortie « Auxerre centre » qu'Alain Mendel, le plus littéraire des deux, dans un éclair éblouissant, étincelant même, pensa avoir eu une idée géniale : « Et si on créait une revue sur toutes les spiritualités, dis, Jean-Pierre. Qu'est-ce que t'en penses ? »

Jean-Pierre se dit que cette fois-ci, ils avaient toutes les chances de se mettre à dos toutes les religions, toutes les obédiences et tous les leaders d'opinion qui avaient la moindre petite idée sur la question. Ça faisait du monde. Voilà un projet à la hauteur de leurs ambitions. Ça donnait dans le grandiose. C'est à ce moment-là aussi que le conducteur du poids lourd, qui transportait les vitraux restaurés pour la cathédrale de Sens, arriva en sens inverse, perdit le contrôle de son véhicule, traversa le rail de sécurité comme si c'était un fétu de paille et percuta, pour une raison inconnue des services de gendarmerie locaux dépêchés sur les lieux de l'accident, la vieille Volvo et ses occupants, tout occupés à se persuader mutuellement de la faisabilité d'un tel projet. Le destin n'est pas charitable et n'est pas curieux, non plus : cette nouvelle aventure aurait pu faire une histoire particulièrement drôle et captivante. La route est un long ruban qui a le goût amer de la corde du pendu.

Imprimé en Allemagne
Achevé d'imprimer en novembre 2023
Dépôt légal : novembre 2023

Pour

Le Lys Bleu Éditions
40, rue du Louvre
75001 Paris

www.ingramcontent.com/pod-product-compliance
Lightning Source LLC
Chambersburg PA
CBHW062345010826
49168CB00024B/275